特選ペニー・ジョーダン

あなただけを愛してた

ハーレクイン・マスターピース

東京・ロンドン・トロント・パリ・ニューヨーク・アムステルダム
ハンブルク・ストックホルム・ミラノ・シドニー・マドリッド・ワルシャワ
ブダペスト・リオデジャネイロ・ルクセンブルク・フリブール・ムンバイ

PHANTOM MARRIAGE

by Penny Jordan

Published by Harlequin Japan, a Division of K.K. HarperCollins Japan, 2024

ペニー・ジョーダン

1946年にイギリスのランカシャーに生まれ、10代で引っ越したチェシャーに生涯暮らした。学校を卒業して銀行に勤めていた頃に夫からタイプライターを贈られ、執筆をスタート。以前から大ファンだったハーレクインに原稿を送ったところ、1作目にして編集者の目に留まり、デビューが決まったという天性の作家だった。2011年12月、がんのため65歳の若さで生涯を閉じる。晩年は病にあっても果敢に執筆を続け、同年10月に書き上げた『純愛の城』が遺作となった。

主要登場人物

タラ・ベラミー……………ファッション・フォトグラファーのアシスタント。
マンディ、サイモン………タラの双子の子供たち。
チャス・サンダーズ………タラの雇い主。
スーザン……………………タラの学生時代の後輩。愛称スー。
アレック……………………スーザンの夫。
ヒラリー・ハーヴェイ……スーザンの母親。実業家。
ジェームズ…………………スーザンの元義父。ヒラリーの元再婚相手。
マンディとサイモンの父親。実業家。

1

急がないとまたお迎えに遅刻だわ——半ばあきらめて、タラはきゃしゃな手首に似合わない頑丈な腕時計を見やった。

今日のチャスはいつにも増して気難しかった。二度もモデルを泣かせ、タラが上手になだめなかったら、撮影は中止になるところだった。

チャスが超一流ファッション・フォトグラファーの地位に上りつめたのは単に運やコネに恵まれていたせいではない。思いやりのかけらも見せず、モデルを粗雑に扱う彼にあきれながらも、タラは、その腕前や、絶対に妥協せず常に完璧《かんぺき》をめざす強い意志に感心しないではいられなかった。

だが今日は特にひどかった。しかもモデルに対してだけではない。理由はわかっている。タラがアシスタントとして雇われて以来、彼はタラに対する気持ちをあからさまにしてきた。喜んでベッドをともにしたがる美女に取り囲まれているのに、自分を求めてくれているのだから光栄に思わないといけないのだろう。もっとも頑固でシニカルなチャスは、モデルたちがベッドをともにしたがるのは、仕事が欲しいからだと承知しているようだが。でも私は……。

今撮ったショットをすぐ現像しろ、と命令する彼の怒った声を聞きながら、タラはため息を押し殺した。

昔から写真に興味があったタラは、双子の誕生後、自活を余儀なくされた時、それを生活の糧にすることを思いついた。いつかはスタジオを持ちたいと思っていて、チャスの下で働きはじめた時にもそれははっきり話してある。仕事に関する限り、チャスに不満はない。辛抱強く業界のことを教えてくれるし、写真の技術も、時にはほめ、時には叱《しか》りながら指導してくれる。今では仕事の一部をすっかり任せてくれてもいた。最近のストッキングの広告はクライアントからとてもほめられたが、それはタラの手柄だとチャスは言ってくれた。だが仕事以外の面で、タラは彼を持て余していた。なぜ私なんかをいいと思うのかしら。二十四歳で六歳の双子の子持ち——タラ自身はとっくに自分を男性の恋の対象として考えなくなっていた。

「週末の仕事が入っているのを忘れるなよ」チャスは車へと急ぐタラの背にどなった。

週末いっぱいかけて、リーズ城でファッション雑誌用の撮影をするというその仕事は気が重かった。双子を残して出かけられないと主張したが、自分の家の家政婦が喜んで子供の面倒を見るから、と言い張るチャスに押し切られてしまった。断ろうとした本当の理由は、その機会を利用して彼と関係を持つことを強要されるのが怖かったからだ。だが彼を怒らせたら、気に入っていて収入もいいこの仕事を失うことになる。

ため息をついてタラはおんぼろのミニに乗り込み、バックミラーの位置を直すついでに鏡の中の自分をのぞき込んだ。二十四、と心の中でつぶやいて顔をしかめる。それよりは若く見えるけれど、十七歳の時には実際より年上に見られたものだった。十七……タラはまた渋い顔になって、茶色がかった金髪を肩から振り払った。いつもは後ろで一つに三つ編みにしているが、今朝は寝坊してその暇がなかった。化粧っけもない少しそばかすのある顔はタラを幼く見せていた。生まれつきカールしている髪が小さな渦になって額に垂れかかっている。瞳は感情の起伏によって、時にははしばみ色に見え、かと思うとひすいのような緑色に見えることもある。子供のころは気まぐれで衝動的だったタラだが、今は年月と経験のせいで穏やかになっている。

エンジンをかけると、彼女は舌打ちして腕時計を見た。年明けにチャスとギリシアに撮影旅行に行ったせいで、肌はほんのり焼けている。その間はしぶしぶだがタラの母が双子を世話してくれた。母は二人がちゃんとした結婚で生まれた子でないことが今でも引っかかっているらしい。タラはむっとした表情で車を出した。出産後ロンドンに出てきてからは、双子の父親は死んだとみんなに言っている。それは子供のためだけではなかった。数カ月もしないうちに、この大都会ですら婚外子を受け入れるのは一部の理解のある人間に限られ、ほとんどの男は父のない子を産んだ女性を〝堕落した女〟とみなすことをタラは思い知らされた。そういう女なら簡単に寝るだろうと決めつけて友情や好意をさし出す男たちも多かった。だが身をもって痛い教訓を学んだタラは、彼らを断固として拒絶してきた。タラは叔父と叔母の家に身を寄せて出産し、誰にも過去を知られず、若い独り身であることを詮索《せんさく》されることもないロンドンで新しい生活を始めたのだった。

出だしは幸運だった。双子をとてもいい保育園に預けることができたタラは、妊娠によって中断された勉強を終えるためにカレッジに入った。大学に行くことはできなかったが、秘書の基礎知識を身につけ、仕事を得て食べていくことはできるようになった。懸賞金つきの国債を買って運よく懸賞が当たったので、そのお金を頭金に当時は人気のなかった地区にテラスハウスを買った。だが最近ではその地域には共働きの若いカップルが増え、人気スポットになりつつある。頭金を払った残りで双子を私立の学校に入れたが、そのことが母とのいさかいの種になった。母はタラの事件後、娘がふしだらなことをしたのが知られている場所には住めないと、タラの叔父夫婦のいる町に引っ越していた。父はタラが五歳の時、交通事故で亡くなっている。唯一の身寄りである母と叔父夫婦に気まずい思いをさせていることはわかっているので、タラはめったに彼らを訪ねない。私立の学校教育に批判的な母に、タラは子供たちには最善のことをしてあげたいのだとできるだけやんわりと告げた。

最初に妊娠がわかった時、母は中絶を勧めたがタラは絶対にいやだと言い張った。もちろん子供の父親と結婚できる可能性はなかった。タラの瞳が曇り、ハンドルを握る指に力が入って白くなった。とっくに忘れてもいいはずなのに、なぜまだこんなにつらいのだろう。ジェームズに拒まれたことは深い傷になっている。しかも彼はタラのように何も知らない未熟な若者ではなかった。十七歳の若者なら責任に正面から向かい合うのを避ける気持ちもわからないではないが、彼はあの時二十六歳だった。いつものように彼のことを考えると苦いものが込みあげる。初めて会った時にはそんな結果になると思いもしなかった。彼は仲のいい後輩の父親にすぎなかったのだから。

一気によみがえりかける記憶を、タラはいつものように急いで胸の奥に押し戻し、運転に神経を集中した。

スタジオから学校まではそう遠くない。だからこそこの学校を選んだのだ。

幸いまだほかのお迎えの車の姿もあり、お母さんたちが、子供が出てくるのを待っている。豪華な車に囲まれた、不釣り合いなみすぼらしい自分のミニに気づいて、タラは苦笑した。

車を降りるタラに上品な金髪の女性が笑いかける。タラはあいまいに微笑を返して中庭に双子の姿を捜し、二人が滑り台で遊んでいるのを見つけると、ほっとしたようにため息をもらしてほほえんだ。

どちらも外見はタラに似ず、浅黒い肌と黒っぽい髪は、ハンサムな父親の血を引いている。二人ともまだぽっちゃりしているが、マンディはすでに女のなまめかしさを併せ持っていた。

かわいいが我の強い娘のことを思って、タラは顔を少しゆがめた。幼くしてもう母の裏をかくことを楽しんでいるように見えるマンディには、厳しいが優しい父親の存在が必要だ。マンディは生まれた時から女っぽい女の子で、一方、サイモンはどこもかしこも父親のミニチュア版だった。マンディ同様彼も父親の不在の影響を受けているが、彼の場合にはそれが、思いつめたようなまなざしや、タラにくっついて離れようとしない傾向になって現れている。いつものようにサイモンが真っ先にタラの姿を見つけて走り寄り、膝にすがりついた。カールした黒っぽい髪を揺らしてマンディが後に続く。

「遅かったね」キスをしてもらうとサイモンは訴えるように言った。

タラはまたため息をつく。「ええ」

「今夜は、チャスおじさんは来る?」マンディがきいた。仕事の話をしにチャスが時々訪れるのを、マンディは嫌っていた。

今日は来ないだろうと説明していると、さっきほほえみかけてきたブロンドの女性が近づいてきた。よちよち歩きの子供を連れた彼女は、やっと何かに気がついたようににこにこしている。

「タラ?」きれいな発音で彼女はタラの名を呼んだ。「そうかなって思っていたのよ」

タラはぎょっとして相手を見た。さっきちゃんと見ていたら気がついたはずだ。七年という年月で加わった洗練された雰囲気と、金持ちの夫がもたらしたに違いない贅沢《ぜいたく》なしつらえ以外は昔と変わらない。

「スー?」

「すごい偶然。うれしいわ」相手はタラが同じ気持ちでいないことに気がつかないらしい。「もう七年もたつのね。あなたが黙ってヒリンドンからいなくなってしまってから」彼女は責めるようにつけ足した。「お子さん？」

「ええ」

逃げ出したかったが、スーザンが子供たちに話しかけているのでそれもできない。彼女は幼児を抱きあげて、三歳になるピアースだと紹介した。

「おじいちゃんの名前をもらったの」スーザンは少し顔をしかめた。「それにしてもあなたと会うなんて、信じられないわ。いつもは運転手が迎えに来るから、私はお迎えには来ないの。今どうしているの？」彼女はそれとなくタラのみすぼらしいミニを見た。スーザンの車は高級なＢＭＷだった。「結婚したのね。ご主人は？」

「ジョンはこの子たちが生まれる前に亡くなったの」サイモンの靴のひもを結び直すふりをしてかつての親友から表情を隠し、タラは嘘《うそ》をついた。どうしてこんなことになるのだろう。よりによってスーザンと会うなんて。

スーザンはすぐさま同情してくれた。

「まあ、なんてこと！　大変なのはよくわかるわ。父がいなくなったことで私もつらい思いをしてきたから。もちろん状況は違うだろうけど。母は私が四つの時に実の父と離婚したの。誰にも知られたくなかったから一度も話さなかったと思うけど……。母はまた再婚したのよ」タラの体がこわばっていることにスーザンは気づかないようだ。「年を取るごとに相手が若くなっていくわ。今はアメリカに住んでいるの。これまでの父親の中で、私が一番好きだったのはジェームズかしら。昔は彼が本当のお父さんじゃないなんて認めようとしなかったしね。彼のこと覚えている？」

忘れるものですか。必死になって笑顔を作ったが、タラは顔がそのままひび割れて心の中を読まれてはしまいそうな恐怖に襲われ、かすれた声で言った。

「ええ……」

「一度ゆっくり話しましょうよ」スーザンは熱心に言う。「話したいことが何年分もあるわ。最近田舎に家を買ったの。ピアースのためよ。今のところは週末しか行けないけど、夫はいずれ仕事場もそちらに移すつもりなの。今週も行くのだけれど、一緒にどう？　子供たちもきっと喜ぶわ」

「私……」

「ねえ、いらっしゃいよ。これ、私の電話番号」彼女は走り書きした紙をタラの手に押しつけた。「あなたがヒリンドンからいなくなった時は本当に驚いたわ。もっとも私はまだ十四だったし、何かあっても打ち明けてはもらえなかったのだろうけど、お姉さんみたいに思っていたから。覚えてる？　あなたは私が母との関係に悩んでいるのを直感的に気づいてくれた。私たち、何か共鳴するものがあったのよ。私もそうだけれど、自分の子供にはありったけの愛情を注いであげたいと思うでしょう？」自分の車が駐車場の出口をふさいでいることに気づいたスーザンはあわてて車に向かいながら肩ごしにタラに呼びかけた。「忘れないで、今週末のこと」

家に帰るまでの間、タラは感覚が麻痺《まひ》したようにぼうっとしていた。なんでスーが！　確かに彼女が言ったように二人には共通点が多かった。タラが生徒会長だった時、スーザンは下級生で、反抗的で規則違反ばかりする問題児だった。見かけも派手でませていたが、タラは、自分と同じ絶望感や繊細な心がスーザンの中にもあることに気づいた。何年もかかって築かれた彼女の心の壁を崩すのは簡単ではなかった。先生をあきれさせたスーザンの性的な冒険談は、タラが最初に予想したとおり作り話だったが、愛情と安心感を求めているスーザンはそのままほうっておけば相手を選ばずに寝るような少女になりかねなかった。スーザンの反抗的な言動は、自分の求めるものだけを追いかけて娘を顧みない、冷たい母親に対する寂しさの表れだった。

二人は姉妹のように親しくなった。ミセス・ハーヴェイが各地に持つ屋敷の一つに、スーザンが一人ぼっちでいることが多いと知ってからは、タラが週末にスーザンの家に泊まることも多かった。当時タラは大学入学に向けての勉強に余念がなく、その影響でスーザンも勉強に興味を示すようになった。〝いい子ちゃんの真似《まね》っこ〟というのがスーザンの母が娘につけたあだ名だった。ミセス・ハーヴェイは、娘には関心を示さないのに娘とタラの友情には批判的だった。

当時のタラはスーザンの家庭環境についてほとんど知らなかった。両親はめったに家にいなかったし、そもそも初めてスーザンの父に会った時には誰であるかもわからなかった。あれは週末に彼女の家に泊まりに行っていた時のことだ。夜中に目が覚めて喉が渇いたので台所に行き、水道の蛇口をひねった時、誰かがいるのに気づいた。テーブルでぐったりしている見知らぬ男性が、いつもスーザンが自慢している父親だとわかった時、恐怖は好奇心に変わった。彼が疲れた視線を上げるのを見て、タラはなぜか母性本能を刺激されるのを感じた。

食事を作ってあげたことをはっきりと覚えている。相手は食欲のなさそうな顔でそれを食べたが、ずいぶんあとになってから、タラはその時の彼が時差ぼけだったことに思い当たった。きっと食べる気など起こらなかったのだろうが、気持ちの優しい彼はタラの親切を無視しては気の毒だと思ったに違いない。ジェームズは子供や傷ついた動物にとても優しい人だった。だが問題は当時のタラがもう子供ではなかったことだ。そのことに二人が気づいた時にはすでに手遅れだった。

「ママ、おなかがすいた！」

マンディのいらだった声でタラは我に返り、車のエンジンを切って双子を降ろした。台所に入ると、今朝作っておいたキャセロールのいい香りが漂ってくる。着替えて手を洗いなさい、と命じて双子を二階にやり、タラは夕食の支度にかかった。五時というのは大人の夕食には早すぎるが、食事は子供たちと一緒にすることにしている。母に監視されながら一人で食事をした思い出が、同じ体験を子供にさせたくないという気持ちにつながっていた。

タラにとって夕食は一日のうちで一番楽しい時間だった。食事をしながら子供たちがその日の出来事をにぎやかに話すのに聞き入る。サイモンはたいがい大きく目を見開いて真剣に話すが、マンディは大人に機嫌をとってもらうのが好きで、そのことにはとても敏感だ。

二人がそろいのオーバーオールに着替えて下りてきた。

「サイモンはスニーカーのひもが結べないから、やってあげた」マンディが言う。

タラはため息を押し隠し、二人が手を洗ったかどうかを点検する。マンディのほうがませているのは当然だとは思うが、娘がサイモンに対して保護者のような態度をとるのが心配だ。マンディのことを思えばうれしいことだけれど、このままではサイモンの自立が妨げられるのではないだろうか。

二人はそうとうおなかをすかせていたらしく、よく食べた。タラは料理が上手だったし、小さいころからしつけたせいで、双子は二人ともほとんど好き嫌いがない。つましい暮らしなので贅沢はできないが、バランスが取れていて健康的な食事を心がけている。甘いものはなるべく与えないようにするのがタラの方針だった。

マンディはタラのほっそりした体を受け継ぎそう

だが、サイモンは早くもマンディより体重があり、父親譲りのがっしりした体格になりそうだ。

夕食後の一時間は必ず遊んだり、本を読んだりしてあげる。感情のむらが激しいマンディはすぐに本に飽きてしまうが、サイモンはいつでももっととせがむ。見かけはそっくりでも二人の気性は全く違うわ、とタラは考えた。

母はタラに再婚を勧め、実家に帰るたびに、双子にとってもそのほうが好ましいと口を酸っぱくして言うが、タラにそのつもりはなかった。再婚するとなったら相手に双子の父親のことを打ち明けなければならない。それは一番したくないことだったし、もう一度拒まれるかと思うとそれも耐えられなかった。

同じような経験をして違う結果を得ている女性もいる。だがタラはとても繊細だった。それを自覚しているから余計に、サイモンが自分のそんな性格を受け継いでいるのではないかと心配なのだ。

今は遠い記憶に閉じ込められているが、かつて自分があれほどまでの快感を経験したということさえ信じがたい。あの時はためらいも信念も忘れ、ジェームズのものになりたい一心だった。もちろん、時差と疲れのせいでジェームズがもうろうとした状態にあったことはタラも承知していた。

いい思い出とは言えないし、だからこそあれ以来感情に流されないクールな生き方をしてきた。愛している、とジェームズは言ったが、その後の彼の行動によって、その言葉が本心から出たものではないことがわかった。彼が私に対して抱いたのはその場限りの欲望だけ。でも私は彼を深く愛し、彼を誘うような言動をしてしまったのだ。双子はそんな無防備な行為の結果だったが、心に秘めなければいけなかった愛情を、タラは代わりに彼らに注いできた。

その場限りのつき合いができる性格ではないので、

関心を寄せてくる男はたくさんいるものの、タラは彼らとは距離を置いていた。その中でも一番執拗《しつよう》なのはチャスだが、タラは彼に対してもスタンスを変えなかった。最近彼がモデルに八つ当たりするのは自分に拒まれ続けている欲求不満のせいだとわかっていても、うれしいとは思えない。

これまでは、個人的な関係と仕事をきちんと区別してなんとか彼とうまくやってきた。チャスは写真家としては骨の髄までプロだ。だが、彼の自制心もそろそろ限界に近づいていて、首をちらつかせて迫ってくるのではないかと心配だった。今はまだそれを武器にしてはいないし、そのことはありがたく思っている。でも今週泊まりがけの撮影でリーズ城に行ったらどうなるだろうか。なんとかしてうまく断る口実はないかと懸命に考えてみたが、思い浮かばない。週末に子供を置いて出かけられない、と言うタラに、それならば一緒に連れてくればいいとチャスは簡単に言ったのだった。

その時、タラの頭にある考えがひらめいた。スーの別荘に招待されたことを口実に断ればいいわ。ちゃんとした理由があって断れば、理由もなく断って今後ますますしつこく迫られることもないだろう。それに、必死に避けてきた最終的な局面を迎えることになったらどうしようという不安を、彼に悟られずにすむかもしれない。

2

出だしからついていない朝だった。まず目覚まし時計が鳴らず、タラはマンディに布団を引っ張られて目を覚ました。

普段は双子よりも一時間ほど早く起きて髪を洗い、化粧をする。見かけを気にするたちではないが、仕事柄それなりのイメージを保つ必要があった。派手でもいけないし、地味すぎてもいけない。髪はいつも清潔でつややかさを失わないように心がけて、最低限のメイクをし、仕事の邪魔にならない程度にファッションを意識したきちんとした服を着ている。

今朝は髪を洗う時間がなかったので双子に朝食を食べさせながら手早く三つ編みにした。

サイモンはゆで卵が気に入らないらしく、不機嫌そうに皿の上でつついている。

「サイモン、ちゃんと食べなさい！」いらだったせいで声が荒くなった。息子の顔がゆがむのを見て、タラはため息をついた。「ごめんね」あわてて抱きしめ、キスをすると泣きそうな顔は元に戻ったが、事態は簡単には収まらなかった。

「おなかが痛い」サイモンが訴えた。「ママ、僕、学校に行きたくない。ママとおうちにいたいよ」

「それはだめ。ママは仕事で出かけないといけないんだから」タラはサイモンの脈拍と熱を調べたが異常はなさそうだ。本当に痛いのではなく原因は心理的なものなのだろう。同じような経験をしたことがあるタラは息子がかわいそうになった。

「ねえ、今週末、昨日のおばさんの家にお泊まりに行くの？」二人をせきたててミニに乗り込ませようとしているタラに今度はマンディが言う。「おうちはどこにあるの？」

「知らないわ」正直にそう言うしかなかった。「どこか田舎の方だと思うけど」

「田舎？」急に元気になったサイモンが尋ねる。

「牧場かなあ？」期待を込めて彼はまたきいた。

こんなに早くから子供たちの将来を心配しても仕方がないとは思うが、田舎や動物が何より好きなサイモンを見ていると、彼は将来農業か牧場関係の仕事に就くのが向いているように思える。

「牧場じゃないと思うわ」

「でも、行くんでしょう？　行きたい」マンディがねだった。「だって私たち、どこにも行ったことがないんだもの。クラスのみんなはしょっちゅういろんなところに行っているのに」

マンディの言葉は大げさだとは思うが、あながち嘘《うそ》ではないことがタラにもわかっている。子供たちの学費を払うと、どこかに旅をしたりするゆとりなどない。たまに母や叔父、叔母を訪ねるのが精いっぱいだったが、母はいつ会っても双子の出生についての不満を隠さない。母がうっかりジェームズのことを口にしないかとタラはいつでもはらはらしていた。

娘のタラがしたことを不満に思う以上に、母はジェームズに対する強い憎しみを、何年もたった今も心に抱き続けているのだった。

でもいろいろな意味で本当に責められるべきなのは私だわ、とタラは疲れた気持ちで考えた。彼に対する本当の気持ちに気がついた時にはもう引き返せないところまで来ていた。スーザンの母は仕事のためニューヨークで過ごすことが多く、めったに家にはいなかった。恋をしている若い女の子に特有の勝手な理屈をつけて、タラはそんな彼女の存在を頭の中から追い払い、ジェームズに対する恋心を隠そうとしなかった。

あれから何年もたった今では、年を取った分、タラももっと客観的にジェームズの立場から当時の状況を見ることができるようになっている。自分よりかなり年上の妻は仕事に夢中になり、ほとんど家にいない。一人で家のことを切り盛りしなければいけない状況の中で、なんの打算もなく目の前に無邪気にさし出された慰めを受け取りたいという衝動に彼が負けたとしても、そう驚くことでもない。

本当のところはわからないが、若いタラと違って彼には二人に将来がないことがわかっていたはずだ。大人として、事態がのっぴきならないところに行き着く前に踏みとどまるだけの賢明さや世知があってもよかったのではないだろうか？　タラが今もジェームズを許せないのはその点だった。彼が自分の退屈と性的な欲望に引きずられて、タラとの間に存在するはずの境界を越え、その上その結果まで無視したことが……。

最初に会った時、彼は二十六、タラは十七だった。年の差としてはそう大きくはないが、経験の差で言えば……。

「ママ、ここだってば！」ぼうっとして学校の前を走り過ぎようとしたタラに、マンディが甲高い声で注意した。

双子を降ろしたタラは真っすぐスタジオに向かった。スタジオに入ったとたん、チャスの機嫌が悪いことがわかった。彼はのぞき込んでいるファインダーから顔を上げようともせず、そのままの格好で文句を言った。前回と同じモデルが曲げ木細工の椅子に緊張して座っていて、スタジオにはぴりぴりした雰囲気が満ちている。

状況を一目で見て取ったタラはコートを脱ぎすて、スタジオの隅にある小さなキッチンでやかんを火にかけた。黙ってコーヒーをチャスの前に置き、モデルに近づいて緊張をほぐすために話しかける。最近いくつかの大企業の広告に登用された、売り出し中の十九歳のその子は、ヴォーグ誌の記事に使われる写真を撮るために来ているのだった。

「彼、いつもあんななの？」彼女は困ったようにタラにささやいた。「前の時だって……」

「気にしないで。あれが彼のやり方なの。彼は芸術家肌で、しかも完璧《かんぺき》主義者だから」

「こんな時は、両親の言うことをおとなしく聞いて大学に行ってればよかったと思うわ」

「いいかげんに雑談はよすんだ。仕事に集中しろ」ぶっきらぼうなチャスの言葉で、二人は話をやめた。

昼までは息をつく暇もないほど忙しかった。何かに取りつかれたように仕事をするチャスについていくのは、肉体的にも精神的にもげっそりするほど大変だった。

二時になってやっとチャスが不機嫌そうな声で、昼飯にしよう、と言ってくれた。タラは彼の気が変わらないうちにと、急いでサンドイッチを買いに出た。彼は休憩もなしに一日ぶっ続けで仕事をすることも珍しくない。今日もタラはさっきからおなかが鳴って、仕事に身が入らず困っていたのだ。

スタジオに戻ってみるとモデルは帰ったあとで、電話が鳴り響いていた。暗室には〝仕事中〟の札がかかっている。タラはサンドイッチをテーブルに置いてあわてて受話器を取った。

学校の校長先生のきびきびしたそっけない声が聞こえてくると、タラの背筋をぞっとするような恐怖が駆け抜けた。

「あの、子供たちが……」不安げに言いかけたタラの言葉をさえぎり、ミセス・レッドベターは安心させるような口調でかぶせるように言った。

「ご心配には及びません、ミセス・ベラミー。ただサイモンが朝からずっとおなかが痛いと言っていて。保健室の先生にも診ていただきましたが、特にどこも悪くはなさそうなんですよ。きっとママに少し甘えさせてほしいだけなのだと思いますけれど」

言葉は穏やかだが、もしかして暗に私を非難しているのではないかしら。タラの白い肌は刷毛《はけ》で掃いたように赤くなった。一人で子供たちを育てていて一番つらく感じるのは、長い時間を共有してあげられないことだ。スーザンの母から世間知らずで無知だと面と向かってあざ笑われて以来、一度もジェームズと連絡は取っていないし、経済的な支援は誰からも得られないので、仕事をするほかない。だからといって子供たちに対する後ろめたさは消えない。タラは心配な気持ちを抑えられず、すぐに行きます、と告げて電話を切った。

暗室のチャスに言えばまた機嫌が悪くなるのは目に見えている。タラはメモを書いてデスクの目立つ場所に置き、スタジオを出てミニに急いだ。

サイモンは保健室でタラを待っていたが顔が青く、どことなくぐったりとして元気がない。一緒にいたマンディが椅子から飛びあがってタラに駆け寄り、待ちきれなかったように叫んだ。「サイモンが病気なの。泣いていたけど、私がお世話をしてあげてたんだよ」

タラは娘を優しくほめてやった。元気いっぱいで、弾むボールのように快活なマンディだが、それなりに傷つきやすいところがあるのはわかっている。片親の愛情しかもらえない子供は特に感受性が強いのだ。

「どこにも悪いところはないようなんですけどね」保健室のミセス・ステインズがにこやかに言った。「二、三日寝ていて、たっぷり甘やかしてもらったらきっとすぐに治るわ」

二、三日ですって！　タラは困惑を押し殺して内心でうめき声をあげた。また貴重な有給休暇がなくなるわ。チャスはかんかんに怒るだろう。長い休みの間は隣の人が子供たちを預かってくれるが、彼女は田舎に帰っていて留守だし、サイモンの様子では他人に預けられて具合がよくなるとも思えない。

「田舎の空気でも吸ったら血色もよくなるわ」ミセス・ステインズが重ねて言った。

「ママ、田舎に連れてってくれるでしょ？」帰り道、サイモンがせがんだ。タラの顔を見て少しは元気になったものの、まだなんとなくけだるそうだ。タラは責められるような思いでそんな息子を見た。かわいそうな子。具合が悪いのが体ではなく心の病のせいだとしても、苦しんでいることに変わりはない。

「いいわ。でもスーザンの気が変わっていたらあきらめるのよ」

「来てねって言ってたもの」マンディがきっぱりと言った。「約束は守らないといけないんだから」

タラはもう一度ため息を押し殺した。大人の行動の規範は子供とは違うということを娘に説明する気にはなれない。その思いは家に帰り着き、外に停《と》まっているチャスの車を見るとますます強くなった。

タラのミニを見て、チャスが車を降りて近づいてきた。

「傷ついた兵隊君、具合はどう？」彼はサイモンに優しく言ったが、彼の細められた瞳やむっとした表情を見て、タラは悪い予感を覚えて身構えた。「だいたい甘やかしすぎなんだ」鍵《かぎ》を開け、子供たちを台所に追いたてているタラに彼が言った言葉が、その不安をますます確かなものにした。「どこも悪いようには見えないじゃないか」

「先生が二日間お休みしなさいと言ったよ」サイモンはチャスに言う。「ママが一緒にいてくれるんだ。それで、土曜日には田舎に行くの」

「ふうん。そうなのかい、ママ？」チャスは苦い口ぶりで尋ねた。「今週末は僕と出かける約束をしていたはずだけど？」

「チャス、約束はしなかったわ」タラは釘《くぎ》を刺す。

「たまたま今週末誘ってくれている友だちがいるし、サイモンの具合もよくないから、いい空気を吸わせに出かけてみようかと思って」子供のように背中で指を交差して、タラは祈るような思いで言った。

「そうなんだ」チャスの瞳に怒ったような光が宿る。「うまい口実を考えたな。この際はっきり言っておく。僕が君とどうなりたいと思っているか、知っているはずだ。僕はいつまでも駆け引きをして遊んでいるつもりはない」

タラは胃がむかむかしてきた。とうとうこの何週間か恐れていた事態が来てしまったわ。

「つまり、どういうこと？」自分を奮いたたせ、タラはきいた。

「僕の言いたいことはわかっているはずだ」チャスは低い声で言う。

「もし断ったら？」

答える代わりに彼はタラを怖い顔でにらみ、ドアを大きく開けて、怒ったように出ていった。

こうなることはわかっていた。チャスの態度は、このままでは仕事を首になるのではないかというタラの懸念を裏づけるものだが、何があっても今職を失うわけにはいかなかった。

「ママ、どうしたの？」サイモンが不意に尋ねた。「ママもおなかが痛いの？」

「ちょっとね」苦い口調でタラは答える。「さ、具合が悪いんでしょ。早く寝なさい」

スーザンの誘いを受けようと決心して電話をかけたのは夜になってからだった。行ったからといって何も失うものはないのだし、子供たちがどんなにがっかりするかと思うととても断る気になれない。

電話を受けたスーザンは大喜びだった。

「どうやって行ったらいいか、教えて。どのへんにあるの？」

「コッツウォルズ地方よ」快活にスーザンは言う。「来てくれるなら迎えの者をやるから心配しないで。何時にどこに行かせればいい？」

迎えは断ろうと思ったが、学校で見た彼女の豪華な車を思い出し、あんな車で迎えに来てもらえたらどんなにいいだろうと、ふと心が動いた。きっとあの運転手が迎えに来てくれるに違いない。

少しの間雑談をし、タラが仕事の話をするとスーザンは感心したように言った。「チャス・サンダーズですって？　いいわねえ。すごくセクシーな人なんでしょう？　いろいろ噂《うわさ》は聞いているわ」

「でしょうね」タラはそっけなく応じた。チャスとそのしょっちゅう変わるガールフレンドは、ゴシップ欄をよく飾っている。

「あなたも彼に興味があったりして？」タラの口調に何かを感じ取ったのか、スーザンが探りを入れてきた。

「チャスは一晩限りのつき合いにしか興味がない人なのよ」タラは返事を避けるように言った。

「一晩でも価値があるかもしれないわよ」スーザンは笑ってからかうようにそう言うと、ピアースが泣いているわと言って話を打ち切った。

子供は具合が悪くなるのもよくなるのも早いというが、サイモンは翌朝にはもう平気だから学校に行く、と宣言し、タラも仕事に出ることができた。

びくびくしながらスタジオに行くと、チャスは広い部屋に一人だった。彼は顔を上げていやな顔をし、コートを脱ぐタラを完全に無視した。その日は野外で撮影がある予定だったので、タラはジーンズにチェックのシャツ、革のベストという軽装だった。

コートをかけて振り向くと、細い体にぴったりしたジーンズをはいたタラをチャスがじっと見つめていた。彼女は赤くなって視線をそらし、お茶をいれようと歩きかけたが、チャスに呼び止められた。

「昨日のことだけど、悪かったよ」怒ったようにチャスが口を切った。「かっとしたのはまずかった」

彼は顔をしかめ、日焼けして淡い金色に光る髪を細い指ですいた。「狙《ねら》った女がおびえて逃げないようにするだけの心得は、とっくに身についているはずだったのに。ねえ、本当に週末は友だちの家に行くの？」

口の中がからからだった。タラは黙ってうなずいた。彼はどうするつもりだろう。私は首？

「君が何を考えているかはわかっている」厳しい口調でチャスが言った言葉がタラを驚かせた。「君にも当然わかってもらえていると思ったんだ。僕は女を抱くために相手に圧力をかけたことなんか一度もない。今さらそんなことを始める気はないさ。確かに僕は君が欲しい」さらりと彼はその言葉を口にした。「だが無理強いする気はない。セックスはお互いが楽しまなければつまらない。どうしてなんだ？」当惑したように尋ねる。「僕のことがそんなにいや？　それとも男が嫌いなのか？　結婚歴があって子供までいるというのに」

「ごめんなさい、チャス」タラは静かに口をはさんだ。「あなたがいやなわけではないの」スーザンの言ったことを思い出したタラは、小さくほほえんだ。「あなたが女性に嫌われるはずがないことは、自分でもわかっているでしょ」からかうようにつけ加える。「ただ、あなたは特定の女性と長くつき合う気がないけれど、私は養っていかないといけない子供を二人も抱えていて……」

「だから男に近寄ってきてほしくない？」チャスが引き取った。「たとえ僕に結婚する気があっても、君の態度は変わらないだろう？　君はまだ前の夫を、子供の父親を忘れられないんだ。違うかい？」激しさを押し殺したような口調で彼はつぶやいた。「いつになったら死んだ人間を忘れて、現実の人生を見ようという気になるんだ？　わかったよ」頑固に唇を引き結んでいるタラを見て、彼はうんざりしたように言った。「僕はれんがの壁に自分で自分の頭をぶつけているようなものさ。だがもし君の気が変わることがあったら……」

「仕事は続けさせてもらえるの？」おずおずとタラはきいた。

チャスは眉をつりあげ、からかうような表情を瞳に浮かべた。「もちろんさ。セクシーな女性を助手にしているのは僕の自尊心を満足させてくれるし」言葉を切ってにやりとした。「君は今までの助手の中で一番有能だ」

その日、タラはいつになくうきうきした気分で仕事をした。週末の準備をするために金曜の午後休みを取っていい、とチャスが言ってくれたので、喜んでその言葉に従うことにした。

「言っておくが僕はまだあきらめたわけじゃない。停戦状態にあるだけだからね」チャスはタラに警告した。

タラはうれしくてほほえみを浮かべたまま家に帰った。ただ、こうなってみるとスーザンの招待を受けたことが果たしてよかったのか、改めて疑問に思えてきた。ちょうど月曜は祝日なので、スーザンには月曜まで泊まっていってほしいと誘われている。子供たちはすぐに服を汚してしまうので、タラは充分な着替えを用意するために洗濯とアイロンかけに忙しい時を過ごした。

スーザンの幼い子供は二人の遊び相手にはならないだろうが、双子があまりにも興奮してうれしそうなので、タラはまた罪悪感にさいなまれた。

子供たちにとってこんな楽しいチャンスはめったにない。私が過去と向かい合えないせいで子供たちを犠牲にし、楽しいこともない生活をさせているのは罪なのではないだろうか。

スーザンは、ジェームズと彼女の母親はとっくに離婚したと言っていた。どうして二人は離婚したのかしら？　双子が生まれたあと母から聞いた話では、スーザンの母はジェームズが父親から引き継いだ会社の大株主だということだった。タラといる時、ジェームズは自分の仕事や事業のことはほとんど話さなかった。タラ自身、二人でいる大切な時間を仕事の話などに費やしてほしくなかった。

ジェームズのことも、過去も忘れるのよ、とタラは自分に言い聞かせた。だが忘れようとすると、かえって胸の中の小さな痛みが広がり、どうしようもない苦しさに発展しそうになる。どうして私は過去の呪縛《じゅばく》を解き放てないのだろう。同じようなつらい経験をしても、別の人と幸せな再婚をしている女性はたくさんいるのに。なぜ違う人と恋ができないの？　自分のしたことに罪悪感があるから？　自分が汚されたように感じているから？

タラが住んでいた村の人たちのものの見方は寛容ではなかった。彼女はジェームズに拒絶された苦しみだけでなく、母の怒りにも耐えなければならなかった。

ジェームズに対してあんなに勝手な甘い夢を抱かなければ、こんなことにはならなかったはずだ。でも私は真実を見ることを拒んでいた。彼は不幸な結婚生活に縛られ、私に性的な慰めを求めていただけで、一度として私に愛情のかけらも抱きはしなかったんだわ。私の心は彼への愛でいっぱいだったのに。

3

ひどい頭痛で目が覚めた。目の奥がずきずきして何もする気になれない。ましてほとんど知らない人たちに囲まれて週末を過ごすなんてとんでもないが、双子をがっかりさせるのはかわいそうだし、田舎に行くのは口実にすぎなかったとチャスに思われても困る。普通なら冷たくはねつけるところだが、チャスは雇い主なのだ。今仕事を失うわけにはいかない。

双子はひどく興奮していて、気が進まないと言い出すのははばかられた。どういう風の吹き回しか、いつもならジーンズとスウェットしか着たがらないマンディが、数週間前にタラに買ってもらったフリルつきのエプロンドレスを着ていくと言い出した。

アンダースカートとしみのついていないブラウスを探し当てたころにはタラの頭痛はますますひどくなり、吐き気さえ覚えるほどになっていた。

迎えの車は十時に来ることになっていたが、奇跡のように、その十分前には出発準備が完了した。熱っぽいのをこらえて、タラはやれやれと思いながらやっと自分の髪をとかし、ふっくらした曲線を描く唇に薄く口紅を塗った。

予想に反してきらきらと日がさすいい天気になったので、チャスがたまに宣伝をかねて催すパーティの時に着るつもりで買っておいた服を着ていこうかという気分になった。モルトン通りを歩いている時に目についたその服は、サイズが小さいので売れ残り、大幅に値下げされていたのだ。

鮮やかな青いシルクのスリーピースで、上着と太いウエストバンドのついた柔らかなシルエットのスカート、襟が大きくくれたキャミソールがセットになっている。タラはスタジオに来るモデルたちのファッションを真似《まね》て、袖《そで》をまくって上着を着た。

仕事柄流行に敏感になり、自分に合わせてうまく取り入れるすべをタラはいつのまにか身につけていた。髪はふんわりと肩に垂らし、新しいアルマーニの香水を少しつける。以前、ヴォーグ誌の編集長がサンプルをくれたのだ。タラの仕事の唯一の特典は、たまにそういったものをもらえることだった。珍しいことだが、広告を撮影したイタリアの下着メーカーからクリスマスに高級そうな下着を一そろいもらったこともある。

今日身につけている下着がそれだ。ハンドメイドのレースがついたごく小さなサテンのブラときゃしゃなサスペンダー、それにショーツのセットだ。

こんなにおしゃれをしたのは、多少見栄《みえ》もあるかもしれない。タラは鏡の中の自分を見やった。かつてスーザンとは姉妹のように仲がよかったが、今は二人の環境は大きく違っている。

金持ちの奥様になったスーザンは、自分ほど運に恵まれなかった昔の友人に親切にしてくれようとしているが、安っぽい格好で行って同情されるのはごめんだった。

第一印象は大事だわ。タラは自分を戒めた。子供たちとスーザンのロールスロイスから降りたった時に、富のおこぼれにあずかっているみじめな知り合いに見えるのはいやだった。

スーザンの説明では、自分たちは先に車で行くので、ロールスロイスは使わないから迎えに行かせるということだった。シックで洗練された格好をしていると自負しながらも、迎えの車を見るなり大喜びしている子供たちを見て、タラは胸の奥に不安が小さな泡のようにわいてくるのを抑えられなかった。

運転手を待たすまいと、急いで一階に駆けおり、スーツケースを手に双子をせかして玄関を出る。待つように二人に言い聞かせて鍵《かぎ》とお金を持ったことを確認し、念入りにドアをロックした。

子供たちはぴかぴかのロールスロイスを見て圧倒されたのか、不安げにタラに寄り添って待っている車に向かった。

三人が近づくと運転席のドアが開き、男が降りてきた。あら、制服ではないのね、と思った次の瞬間、タラは気分が悪くなるほどの衝撃を受けた。

「タラ！」

昔はその声を聞いただけで膝から力が抜けたものだけれど、今の声にその魔法の力はなかった。彼は変わった。それとも私がもう恋に目がくらんだ十代の女の子ではなく、幻滅を知った大人の女性になったからそう見えるのだろうか。

「ジェームズ」顔にひびが入りそうに感じながら、タラはやっとこわばった微笑を浮かべた。今度はタラが子供たちにすがりつく番だった。そうでもしないとそのまま踵《きびす》を返して、安全な場所である家の中に駆け戻ってしまいそうだった。

だが双子のことは見ようともしないジェームズに気づいて、タラは笑い出したくなるヒステリックな衝動を覚えた。一人ぼっちで耐えた妊娠中、ジェームズが現れてタラが自分の子を宿していることを知り、母子への愛を再確認してくれるところをよく空想していた。それがただの甘っちょろい白昼夢だったことが、今初めて現実としてわかったからだ。

「驚いたわ」そのせいか、穏やかな言葉が出た。「あなたが迎えに来るなんて、スーは言わなかったから」

「直前になってそういう話になったんだ」ジェームズはタラを見ないようにして言う。「たまたまアメリカから帰って、週末はダブコートに行くつもりでいたら、ちょうどいいから君を迎えに行ってほしいと頼まれた。運転手に休みをあげたいんだそうだ」

「スーったら。言ってくれたら自分の車で行ったのに」

急にジェームズの視線が自分に向けられたのに気づいて、タラは赤くなった。記憶に残っている温かい、からかうような表情を浮かべた濃い青色の瞳ではなく、川底の石のような冷たい無機質な瞳が、顔を赤らめて子供たちを守るように抱いているタラを観察していた。

「ママ、痛い」マンディが抗議の声をあげて黒っぽい髪をした背の高い男を見あげた。その瞳に無邪気なコケットリーが宿っていることにタラは気づいた。

「さ、車に乗って」ジェームズがタラの手からスーツケースを取りあげた。その拍子に指が触れ、タラは熱い石炭に触ったように飛びのいた。「よくわかったから、そこまでしなくてもいいよ」ケースを車に積みながらジェームズが言った。「最初に君のメッセージは伝わったから」

車から彼が降りてきた時、私が見せたショックのことを言っているんだわ。彼だって、私以上に再会を望んでいなかったに違いない。タラはみじめな思いで子供たちに続いて車に乗り込んだ。でも少なくとも彼は最初からこのことを知らされていたわ。

最初の十分は、豪華な車に目を奪われて興奮している子供たちのおかげであっというまに過ぎた。ジェームズに助手席に招き入れられたことがいやだったが、拒むのも大人げないのでタラは言われるままにそうしたのだった。彼も私に会いたくはなかったのだから、他意なく勧めたに違いない。

ジェームズはある意味では変わっていないとも言えるし、変わったとも言える。彼女はジェームズの無表情な横顔を盗み見た。あのころにはなかった、揺るぎない男の厳しさがある。十七歳だったタラにとって、当時の彼は夢に描いた男性そのものだった。優しくて理解があり、穏やかで思いやりのある人。

だが今横にいる男性には、誰が見てもそんなところは全くなさそうだ。

黒っぽい髪にはまだ白いものは見えず、高価そうなスーツをまとった体つきも七年前とそう変わりはない。だがさっきタラの方に歩いてきた仕草には、人生の最盛期にある男の持つ傲慢《ごうまん》さが感じられた。カリフォルニアから彼が戻った夜、人生の転機になったあの夜の彼を、タラはよく覚えている。肌は絹のようにつややかで、体はブロンズ色に焼けていた。その時の彼の肌の、しなやかで柔らかな感触をタラの手はまだ覚えていた。彼女は身震いして過去を脳裏から振り払う。

「スーから聞いたよ。夫を亡くしているって？」

ジェームズの視線は道路に向けられたままだ。タラは喉に大きな石が詰まったように感じた。

「ええ」やっと嘘《うそ》が口から出てくれた。

「気の毒に」形だけの同情の言葉だ。「なんで？」

「ジョンは外国で事故死したの」何年も繰り返してきた嘘を、タラは口にした。「双子が生まれる前に。だから二人は父親を知らないの」

「ご主人も見たかっただろうに。再婚は考えなかったの？」

「プロポーズされなかったから」自分でも驚いたことにそっけない言葉が出た。「それに」タラは居心地が悪そうに革のシートの上で身じろぎした。「けんかばかりしている両親といるより、片親でも愛情を充分注がれるほうが子供にとって幸せだわ」

「君もお父さんがいなかったね、確か。自分も同じ境遇にいたから、子供たちに教えてあげられることは多いだろうね」

「人は自分で学んでいくしかないものだわ」感情を込めずに淡々と言ったタラだが、かつてジェームズに、自分を父親の代用品にしてほしくない、と責められたことを鮮やかに思い出していた。あの時私は、私たちの年齢差は十九歳ではないわ、たったの九歳よ、と怒って言い返したのだったっけ。

「今はアメリカでお仕事を？」話題を変えようと、タラは彼に尋ねた。

「ああ。いくつかはスーの母親と共同でね。彼女が再婚したのはスーから聞いた？」

「ええ。それまでは……」それまではあなたと離婚したことも知らなかった、と言いそうになって、タラは言葉をのみ込み、乾いた唇をなめた。そんなことを言ったら避けたい話題を自分から持ち出すことになる。

「ヒラリーは勇敢にもまた結婚したのか、なんて思わなかった？」彼は肩をすくめる。「金持ちで家柄のいい女性は、結婚相手もキャリアと同じで変えていく傾向があるらしい。今度で四人目だよ」

「四人目？」驚きを隠すことはできなかった。確かジェームズは二人目だったはずだ。

「驚いたようだね」

「あなたと別れてから二度も結婚したということは、よほど前に別れたの？」

「君はその前にいなくなってしまったね」

クールな返事にタラはどぎまぎした。とがめられているような気さえするが、非難されることは何もないはずだ。拒んだのは彼のほう。ヒラリーと一緒になってタラの盲目的な愛情をあざ笑い、シングル・マザーというつらい現実に直面させたのは、ほかならぬ彼なのだから。

「どうすればよかったと言うの？」苦い声で彼女は低く言った。「時間は元に戻せなかったし……」

「だから結婚という安全地帯に逃げ込んだ？」

タラの頬がかっと熱くなった。爪が手のひらに痛いほど食い込む。ジェームズが一緒の可能性が少しでもあるとわかっていたら、絶対にスーザンの誘いには乗らなかったのに。どうやったらこの週末を切り抜けられるだろう。ずっとこんなふうに刺《とげ》のある言葉でいやみを言われ続けたらなおさらだ。

野原で草を食《は》んでいる羊を見つけて興奮したサイモンがタラの袖を引っ張る。車は町を出て高速道路を西に向かっていた。

タラが驚いたことに、十二時を少し過ぎたころ、ジェームズの車は高速を降りて、初夏の花を咲かせている高い生け垣の間を、曲がりくねって続く細い道に入っていった。

「スーに昼は済ませていくと約束したんだ」タラが言葉に出して問いかける前に彼は言った。「別荘は大きな家だし、手伝いの者はいるけれど、スーとアレックはリラックスするために行くんだから」

タラが反対を唱えるまもなく、車は〝カントリークラブ・メンバー専用〟と書かれた看板のある私道に入っていく。

「気にしないでも大丈夫」彼はタラに言った。「僕はメンバーだし、予約も入れてある。僕もこのあたりに家を持っているんだ。あいにく今はアメリカの友人に使わせてあげているが」

クラブはかつての農家とその納屋を改造したもので、天井から床までの長い出窓があり、感じのいいレストランとバーが設けられている。

普段は外で食事することも、ましてこんなに豪華なレストランに連れてきてもらうこともない双子は、もちろん大喜びだった。マンディはサイモンに身を寄せ、一番いい服を着てきてよかったわ、と耳打ちした。

それを聞いていたジェームズは重々しくうなずいた。「とてもきれいだよ。ブルーは君によく似合う」

その言葉はタラをどきりとさせた。

「ママが選んでくれたの」マンディは得意になって説明する。「いつもはジーンズを着るの。遊ぶのにはそのほうがいいもの。おじさん、子供はいる？」

おしゃまなマンディはほかの人たちのプライバシーを知りたくてたまらない年ごろにさしかかっているし、その上まだ遠慮するということを知らない。

「マンディ……」タラは娘を戒めようとしたが、ジェームズは眉を上げてタラをさえぎり、さらりと答えた。

「残念だけど、いないんだ」

偽善者。案内されてテーブルに向かいながら、タラは心の中で彼をののしった。あなたは子供なんか欲しくなかった。自分以外の人間には、一切責任を取りたくなかったんだわ。

だが子供に慣れていないはずなのに、ジェームズはてきぱきとメニューを選び、食事が運ばれてくるまでの間上手に子供たちの相手をしてくれた。タラ自身もそうだが、学校でも食事のマナーについてのしつけは厳しい。サイモンとマンディがレストランでも恥ずかしくないマナーを身につけているのを見て、タラは内心誇らしく思った。ほかの客たちも感心したように二人にほほえみかけている。テーブルに向かっていた女性客の一人が足を止めてジェームズに話しかけてきた。どうやら知り合いらしく、タラと双子をいぶかしげに見ている。

「マーゴット、紹介するよ。タラと子供たち。タラはスーの学校時代の友人だ。マーゴットはスーのご近所なんだ」ジェームズがタラに説明した。「君と同じ、夫を亡くしている」

「ダーリン、私には子供はいないわ」その女性はわずらわしいものでも見るような目を双子に向けた。

三十代後半といったところだろうか。巧みにごまかしているので若く見えるが、この仕事に就いてからタラは化粧に隠された素顔を見抜くのが上手になっている。同時に彼女が、ジェームズは私のものよ、というメッセージを送っていることにもタラは気づいた。ご勝手に、と心の中でつぶやいて、手をつけていないデザートの皿を押しやる。過去を思い出すと鋭い痛みが胸を突き刺すが、それを認めたくはなかった。食べすぎたせいか、むかむかするような不快さが込みあげるのを、タラは無視した。

ジェームズに対するウエイターのいんぎんな態度を見ていたタラは、たった一度、彼と外で食事をした時のことを鮮やかに思い出した。あれはスーザンの十五歳の誕生日だった。あたりでは名の知られたレストランに予約を入れたと聞かされたタラはうれしさのあまりめまいさえ覚えた。スーザンも一緒だったが、それでも母が不満げだったことを覚えている。もう一つ忘れられないのが、送ってくれた彼が、車を降りるタラに短いキスをしたこと。あれが初めてのキスだった。そしてそのキスがすべてを変えてしまった。

「子供たちは君に似ていないな」ジェームズの言葉がタラの追憶を破る。「お父さんに似たんだね」

タラの手からフォークが床に滑り落ちた。テーブルクロスと同じピンク色になった彼女は、彼の鋭い視線から逃れようとして、フォークを拾うついでにテーブルの陰に顔を隠した。

「そうかしら？」

この人には何も見えないのだろうか。私は毎日双子の中に、彼にそっくりなところを見つけてどきりとしているのに。

「なんとなく、誰かを思い出すんだけど、おかしいな」ジェームズは少し顔をしかめた。

タラは心臓が止まりそうだったが、必死に平静を装って、早く食べなさいと子供たちをせかした。

「僕の知っている人？」ジェームズがきいてきた。

「あの……」

「噂《うわさ》では叔父さんの家で会った人だって聞いたけれど、だとしたら会った直後にプロポーズされたんだね」ばかにしたように言うと、彼は意味ありげに双子の方を見た。「それとも、僕にだけ許されていると思っていたことを、あのころ彼にも許したのかな？」

人の目がなかったら、その場で彼の頬を打っていただろう。だがそれもできず、タラは金切り声で真実を口にしたい衝動をやっとの思いで我慢した。

その一言は、わずかに残っていたタラのロマンチックな白昼夢のもろい断片を、自分でも意識しないままタラが必死にすがりついていた幻想のかけらを、見事に壊してくれた。自分にとって生涯にただ一度の経験だったことが、彼にとってはひとときの欲望を満たすものにすぎなかったことを、タラは改めて思い知らされた。

どこからそんな力がわいてきたのかわからないが、タラは威厳を持って穏やかに言った。「この子たちの父親とのことは私にとってすごく大切な思い出なの。他人に話すつもりはないわ」

「子供たちにも？」ジェームズが切り込んできた。「君が一度もお父さんの話をしないことに気づいていたよ。子供たちとも思い出を共有したくないほど彼が好きだったの？　よほど愛していたんだね。僕の覚えている限り、君は官能的な女性だった。熱く血がたぎっている、と言ったらいいかな」彼は乾いた口調で言って口元をゆがめた。「なのに性格は妙に上品で淑女ぶったところがあったっけ。だから早婚だったんだろう。お母さんから恥じるべきことだと教えられた欲求を正当化するには、結婚が一番手っとり早い方法だったんだね」

双子がおしゃべりに夢中で、聞いていないことがせめてもの救いだった。青ざめていたタラは、再び頬を紅潮させていた。きっぱりと否定してやりたくて唇が震えたが、やっと出てきたのは、喉に詰まったような短い言葉だけだった。「私は彼を愛していたの。あなたにそんなことを言う権利はないわ」

「権利がない？」ジェームズは苦々しげに耳障りな笑い声をたてた。「とんでもないよ。だって……」マンディが不意にジェームズを見たので、彼はあわてて口をつぐみ、タラはそれを潮に、時間がないからと子供たちを促して席を立たせた。

タラが後部座席に乗り込んだ子供たちと一緒に座ろうとすると、彼はそれを許さず、ドアをロックして、助手席のドアを開けようと腕を伸ばした。

体の前を伸びてきた彼の腕がシルクの上着をかすり、タラは直接肌と肌が触れ合ったかのように身を硬くした。昔も彼の肉体を常に意識していたが、それだけは今も変わっていないようだ。どぎまぎするほど魅力的な彼に、もはや異性に無知な少女ではないタラの体は、本能的に反応しないではいられなかった。自分の弱みに気づいて、タラは頭蓋骨《ずがいこつ》を締めつけられるような衝撃を受けた。近くにいると、体を覆う皮膚の層がなくなって神経の末端がむき出しになり、そばにいる彼の存在がびりびりと感じ取れる、そんな気がする。だが意識していることを知られたくなくて、タラはそれでも動こうとはしなかった。なんとかして気持ちを静めようとしたが、心臓は早鐘のように打ち、緊張で喉が締めつけられる。

ジェームズはドアのハンドルに手をかけた。引きしまって日焼けした手。高価そうなスーツの袖から真っ白いシャツがのぞき、袖口についたカフスが金色に光っている。ドアが開くと、ジェームズは促すようにもう一方の手でタラのひじを押した。さりげない仕草だったが、その奥に、ある種の意図が感じられた。目を上げると彼は明らかに嫌悪を顔に浮かべていたから、なおさらなぜそんなふうに思ったのかわからない。しかも彼の手はすぐに離れた。

ほっとして当然なはずなのに、タラはなぜか拒絶されたことにどうしようもないわびしさを覚えた。

昔身についた習慣はなかなか消えないものね——

ドアが閉められ、彼が運転席に回っていくと、彼女はシニカルに自分に言い聞かせた。どうしてか、私はジェームズに拒絶されたことからいまだに立ち直っていないみたいだわ。

彼に触れられた部分がまだひりひりするような気がする。子供たちはすぐにうとうとしはじめたが、タラはとてもリラックスすることなどできなかった。

かつては農家だったという別荘の、砂利を敷きつめた前庭に車が入っていくと、タラはやっとほっとした。家はクリーム色の石で造られていて、時を経てしっとりとした色合いで周りになじんでいた。早咲きの黄色いばらが南向きの玄関横の壁を覆っている。

家は大きく、建て増しをしたせいか不規則な造りだ。温かい居心地のよさそうな雰囲気はタラのこわばった気持ちを多少和らげてくれた。車の音を聞きつけてスーザンが走り出てきた。タラとジェームズはすぐさまスーザンにぎゅっと抱きしめられ、歓迎を受けた。「よく来たわね！」スーザンは心から歓迎するように温かく言って中に導いた。

磨き込まれたマホガニーのテーブルの上に、外に咲き誇る黄色いばらが生けられている。正方形の玄関ホールは壁が木製のパネル張り、床は寄木張りだ。複雑な彫刻を施した階段の手すりが、行き着く先がホールからは見えないほど長くカーブを描いて延び、二階に続いている。踊り場の細長い窓から日がさし込んで、空中に舞う細かなほこりを金色にきらめかせていた。

クリーム色のラブラドール犬が現れて双子になでられ、うれしげな表情を見せた。タラは子供たちを犬から引き離してスーザンのあとに続いた。

「まずお部屋に案内するわね。そのあとでお茶でも飲みながら積もる話をしましょうよ」がっかりした顔の子供たちに気づき、スーザンはほほえみかけた。

「この家では形式ばったことはしないから、安心して。アレックはいい顔をしないけど、この犬も二階に上がるのが許されているわ」

「アレックはどこ?」ジェームズが尋ねた。

「書斎よ。仕事を持ってきたから。手伝ってもらえたら喜ぶわ。アレックはジェームズの会社の一つを任されているの」スーザンはにやりとしてタラに説明した。「それが縁で私とも知り合ったのよ」その時家に子供の泣き声が響きわたった。「ピアースだわ。昼食のあと昼寝をさせたの。こんなに長い間寝てくれたのは奇跡的だわ。本当はそろそろ弟か妹が必要なんだけど。自分がこの家の中心だということがわかってきているの。ねえ、覚えてる?」階段を上りながらタラに言う。「昔二人で、子供は絶対に一人っ子にはしたくないとよく話したものよね」スーザンは笑った。「だからあなた、双子を産んだのね! いったいどうやったのよ」それから思い出したように言った。「そうだわ、言っておくことがあった。古い家だから水回りが整備されていないの。お風呂場はジェームズと共用になるけれど、ごめんなさいね」

「本当は彼女、気になんかしていないよ」ジェームズはタラにだけ聞こえるように冗談めかしてささやいた。「そんなに不安そうな顔をしないでも大丈夫。君は安全だよ。僕も年を取ったから、ウォータースポーツは、水泳とヨットだけにしているんだ」

「ジェームズはいつものお部屋でいいわね」二階に着くとスーザンが言った。「さ、タラ。お部屋はここよ」彼女は厚いオークのドアを指し示した。「この部分は昔納屋だったのだけど、今はここが主な生活の場になっているの」

ジェームズが彼の部屋に姿を消したので、やっと気が楽になった。ドアが開けられると、タラはマンディとともに喜びの声をあげた。窓は昔風に小さく、太い梁《はり》が天井にむき出しになっている。

「なるべく田舎っぽい雰囲気を残すように改装したの」スーザンが説明する。

「とてもすてき」インテリアは淡い緑色を中心にパステルカラーで統一され、アメリカのパッチワークキルトがベッドにかけられていた。

「あれはジェームズが買ってきてくれたの。ねえ、彼、昔と変わったと思わない？」

「そうね。ちょっと年を取ったわね」慎重に言葉を選んでタラは言った。

「イギリスに戻っていると電話があって、うれしかったわ。会いたくてもなかなかこっちには来ないんだもの。向こうでの仕事が忙しいみたい。変な話だけど、実の母よりも彼のほうが親のように思えるの。いわゆる父親とはほど遠いタイプなんだけど」

「離婚した時はさぞ悲しかったでしょう？」気持ちが声に出ないことを願いつつタラはきいてみた。


スーザンは肩をすくめた。「別に。そもそもジェームズがなぜ母と一緒になったのか、不思議だったもの。二人の関係はなんとなく妙だったわ。彼が年下だからということだけでなく、今思うと、ジェームズと母はお互い相手を愛していなかったのではないかしら」

「結婚する理由は愛情だけとは限らないわ」タラは感情を交えない口調で言った。

「それはそうだけど、ジェームズが愛のない結婚をするなんて信じられなかった――彼はそんな人ではないと思うの。さて。私は下に行って家政婦さんのミセス・バーンズにお茶と子供たち用のオレンジジュースの用意を頼んでくるから、一休みしたら来てね。アレックに紹介するわ。居間にいるから。ホールから見て左手の、庭に面した部屋よ」出ていきかけたスーザンは足を止めて、思いついたようにつけ加えた。「あなたとジェームズが同じ時に来てくれてうれしいの。昔に戻ったみたいな気がする」

スーの〝昔〟と私の〝昔〟は全然違うものだわ。そう思いながら、タラは荷物を整理した。サイモンとマンディはすっかり部屋が気に入ってくつろいでいる。双子に手や顔を洗わせ、普段着のオーバーオールとシャツに着替えさせると、スーザンが去って二十分もたたないうちに下に下りる準備は整った。

スーザンが言っていた〝居間〟はレモン色と淡いブルーで統一された広い部屋だった。大きなフランス窓が庭に向かって開かれている。

双子を見ると、犬のミスティがうれしそうにそっと尻尾《しっぽ》を振った。サイモンはにこにこしてタラを振り返り、声をひそめて言う。「僕のこと、好きみたいだよ」

スーザンの夫は二十代後半の、がっしりした体格の感じのいい男性で、快活で元気のいい奥さんにべた惚《ぼ》れしている様子だった。彼はタラを歓迎し、何度となく妻から話を聞いていると言った。

「あなたと連絡が取れなくなったのをずっと残念に思っていたのよ。ニューヨークに母に会いに行って、戻ってみたらあなたがいなくなっているんですもの。そのあとすぐに、お母様からあなたが結婚したと聞いたの」

「ご主人を亡くされたと聞きました」アレックが同情するように口をはさむ。

自分がひどい嘘つきのような気がして、タラはうなずくことしかできなかった。

「大変でしたね」

何度こういう同情を寄せられたことだろうか。

「でも、運がよかったんです。特に仕事の面では」タラはかすれた声で答えた。

「スーに聞いたけど写真家のチャス・サンダーズのもとで働いているそうだね」ジェームズが言う。

思わせぶりな言い方に、タラは赤くなった。チャスの評判は承知しているし、彼が何人もの女性と浮名を流してきたことも知っている。タラもそんな女性たちの一人ではないかとジェームズが疑っているのは明らかだった。

「さぞ華やかですてきな毎日を送っているんでしょうね」スーザンは少しうらやましげだ。「モデルとか有名人にいつも囲まれているのでしょ?」

「華やかかどうかは知らないけれど、仕事はきついわ」タラは沈んだ口調で言ってお茶を受け取った。マンディは床にしゃがみ込んで、ピアースにちょっかいを出している。だがピアースは自分のジャンプスーツに縫いつけられた飾りを引っ張って遊ぶのに夢中だ。サイモンは幸せそうに犬のミスティをなでていた。

アレックとジェームズが仕事の話に戻ると、スーザンは低い声で言った。「かわいい子供たちに恵まれてよかったわね。でもあなたも、子供たちも大変ね。片親の家庭がどんなか、私にはよくわかるわ」

「そうね。時にはそのことが心配になるわ」タラは少し顔をしかめた。「たとえばサイモンは男親の影響を受けないで育つことになるし、今も私が仕事に出ていて父親がいないことで、子供たちにはつらい思いをさせているから」

「本当のことを言うと、今でも信じられないの」スーザンが感心したように言う。「あなたが電撃結婚するだなんて。キャリアに生きるといつも言っていたのに」

「十七歳の女の子の気持ちなんて、恋に落ちたらころっと変わってしまうものさ」

二人だけで話しているつもりだったのに、後ろからジェームズが皮肉な口調で口をはさんだので、タラはびくりとした。動揺を抑えて穏やかに言った。

「この子たちを産んだことは、少しも後悔していないわ」

マンディは全力でピアースを抱きあげようとしていた。

「誰かに似ている気がするんだけど」それを見ていたスーザンがつぶやいた。「アレック、どう思う?」

彼はマンディを見ていたが、首を振った。「表情がタラに似ているんじゃないかい?」

「でも顔立ちはどちらもタラには似なかったのね」

「私たち、パパに似たの」マンディが、今が出番とばかりに重々しく言った。「ママがそう言ったもの」

「子供たちにお父さんの話もしているんだね」ジェームズが小声でタラに言う。

「スー、少し部屋で休ませてもらってもいい?」ジェームズのあざ笑うような言葉を無視してタラはスーザンに了解を求めた。「少し頭痛がして……」

「もちろんよ。かわいそうに。昔から頭痛持ちだったわよね。子供たちのことは心配ないわ。ここに置いていって。ミセス・バーンズが六時に子供たちの食事を用意してくれることになっているの。私たちの夕食の時間は八時くらいだけど」スーザンは腕時計を見る。「今四時だから、三時間はゆっくりできるわ」

そんな勝手な真似はできない、というタラの言葉はスーザンにさえぎられた。

「これは命令よ。私が双子を独占したいの。マンディはピアースのお守りをしてくれるし、サイモンにはミスティの散歩につき合ってもらうわ」

タラはスーザンに感謝して部屋に戻り、服を脱いで薄い肩かけだけをまとうと、大きなダブルベッドに横になった。頭痛薬が効いたのか、じきに眠気が襲ってきて、もうろうとした脳裏に過去のさまざまな出来事やジェームズのことがよみがえった。睡眠と覚醒《かくせい》の中間にある領域を出入りしながら、タラは現実を離れ、愛と大人の女性への戸口に立っていた十七歳の少女のころに戻っていった。

4

「ねえ、泊まっていってくれるでしょ、タラ。今夜は私、一人ぼっちなんだもの。それに数学を教えてくれる約束よ」

タラは十四歳のスーザンの無邪気な顔を笑って見やった。正直に言えば自分の家よりもスーザンの家のほうが居心地がいい。雰囲気が温かいし、教科書を広げてもいやな顔をする母親はいないのだから。

母のことを考えて、タラはため息を押し殺した。若いころの母はかわいくて人気者だったとメリー叔母さんが言っていたけれど、とても信じられない。前回叔母さんの家に行った時、叔母さんが、娘に厳しすぎると小声で母を非難しているのも聞いてしまった。不公平だわ、とタラは反抗心を燃えたたせた。タラが友人と映画やパーティに行くのも禁止し、大学に行きたければ一生懸命勉強していい成績を取るように、と説教する一方で、いざ勉強を始めると、何かと用事を言いつけて邪魔をし、だらしがないとか、怠け者だと、文句ばかり言う。

昔から母とは気が合わなかった。おぼろげな記憶しか残っていないが、父がいたころはもっと幸せで、家にもぬくもりがあったような気がする。その父が死んで十年たつ。父の保険のおかげで母子はなんとか暮らしていけるが、スーザンの家のような豪華な生活とはほど遠かった。

「ねえ、来てくれるでしょう?」

「約束したはずよ。もちろん行くわ」

タラの同級生の中には、三つも年下のスーザンと親しくしているタラをばかにする者もいた。だが年は下でもスーザンはタラよりはるかに世慣れていたし、スーザンの虚勢の裏に隠された孤独に、タラは時々胸を突かれるのだった。

「じゃあ、四時に待っているから」昼休みの終わりを告げるベルが鳴ると、タラの隣で床に座っていたスーザンははじかれたように立ちあがった。

「下級生はここに入るのを許されていないはずよ」出ていくスーザンを見て同級生が意地悪く言った。「タラ、あんまりあの子に構っていい気にさせないほうがいいわよ。あの子のママ、本当は彼女を寄宿学校に行かせたかったんだけど、いろんな学校から退校処分になってどこにも入れなかったんですって。全く、お金持ちの親がいるっていいわね」彼女は芝居っけたっぷりに目をくりくりさせた。

スーザンをばかにする子は大勢いたが、その半面彼女がお金持ちの母親を持つことにひそかな憧《あこが》れを抱かない生徒はまれだった。ヒラリー・ハーヴェイはヒリンドンには数カ月しか滞在しなかったが、その短い間に伝説的存在になった。かつて領主の館《やかた》だった家を買いあげ、途方もないお金をかけて改装するに当たって、ロンドンからインテリアデザイナーを呼び、町の人がアメリカ映画でしか見たことがないような近代的なキッチンをしつらえ、豪華な風呂場をいくつも設けた。

初めてスーザンから、彼女の生活ぶりを聞かされた時にはタラもびっくりした。しかし、年よりも大人びていたタラはスーザンの自慢げな態度の下に、寂しさや不安を感じ取り、嫉妬《しっと》めいた気持ちを押しやって、バリケードの内側にいる本当のスーザンを見つけることに心を尽くしたのだった。

「だいたい、なんであの子と友だちなのか、理解できないわ」クラスメイトは軽蔑《けいべつ》したように言った。「あなたみたいな優等生が、十四歳のくせに妙な評判だらけの、あんな――」

「ジル、私、噂《うわさ》には興味がないの」タラは静かに相手をさえぎった。

相手の青い瞳に悪意が浮かんだ。タラは集団に加わるのが嫌いで、休み時間に集まってくすくす笑い合ったり、声をひそめてボーイフレンドやデートの内緒話をささやき合ったりする少女たちと距離を置いていた。しかも頭がよく、どこか近づきがたい雰囲気があるために、何人かの同級生にはそねまれていた。ジル・ブレイディもその一人だった。

「気取っちゃって」ジルは苦々しげに言う。「そのくせお金持ちの子とは仲よくするのね。相手が三つも年下で、しかもどうしようもない不良でも」

タラが言い返す前にジルはドアをばたんと閉め、教室から出ていった。その日の午後、タラはその不愉快な出来事を考えないようにして過ごした。幸い授業は大好きな英文学だったので、シェイクスピアの詩の世界に没頭して現実を忘れるのは容易だった。

授業が終わってタラが自転車置き場に急ぐと、スーザンが不安げな沈んだ顔で待ち受けていた。二人で自転車に乗って彼女の家に向かう道すがら、タラはジルの言葉を思い出した。私は同級生から、そんなに気取ったいい子ちゃんだと思われているのだろうか。決していい気持ちはしなかった。彼女は改めてスーザンと友人になった理由を自分に問いかけてみた。確かに年も、家庭環境も違う。でもスーザンにはどことなく寂しい陰があり、それがやはり寂しい思いをしているタラの心に訴えかけてくるのだった。

「ねえ、聞いている？」スーザンが文句を言った。「じきにお父さんが戻ってくるの。きっとタラもお父さんのことが好きになるわ」

しょっちゅう話は聞かされているが、スーザンの父にはまだ会ったことがなかった。スーザンは父を崇拝し、いつも彼の話ばかりしているので、タラの中にはいつのまにか優しくて娘に甘い父親像ができあがっていた。それに引き替え、スーザンの母は攻撃的で傲慢《ごうまん》な女性だった。

「お母さんも一緒に?」気乗りしない調子でタラは尋ねた。スーザンの母には一度しか会ったことがないが、その時にもなんとなく自分は嫌われているような気がした。あとからスーザンに、母は私の友だちをみんな嫌っているの、と聞かされて、自分の推測が正しかったことがわかった。

領主の家、マナーハウスは、アン王朝時代に建てられたもので、春の午後の柔らかな光が、ふんわりとした金色がかった色で館を包み込んでいた。ムードや環境に敏感なタラは、その神秘的なノスタルジアに心を動かされて自転車を停《と》め、館に見入っていた。

「早く」完璧《かんぺき》な金色の午後の光景になど無関心なスーザンが呼んだ。「おなかがすいたわ!」

館は家政婦が取り仕切っていた。食事も作ってくれるし、スーザンを監督してもいるが、もちろんタラの母のように厳しくはなかった。スーザンがあまりにも自由なので、タラはたびたび衝撃を受けた。

今回も、スーザンがあっさりタラを泊める許可をもらったことに、彼女は少し驚いていた。

最初のころ、スーザンは世間ずれしていないタラを嘲《あざけ》るように、母親と自分がどんなすごい生活をしているかについて自慢げに語った。だが、スイスの寄宿学校にいた時に派手で激しいパーティに明け暮れたとか、周りの友人がドラッグや酒を平気で口にする、といった話にタラが無関心なのを知ると、すぐにそんな遊び人のイメージを脱ぎすてた。

家政婦のミセス・リアはタラが一緒なのを見てほっとした表情になった。

「婿から電話があって、娘のゲールが産気づいたと言うんです。病院についていくから上の子の面倒を見ていてほしいって。スーザン様を一人にさせるわけにはいかないと気をもんでいたんですが、今夜泊まっていただけるのなら……」

「ええ、心配しないでお嬢さんのところに行ってあげてください」タラは請け合った。

家政婦が出かけると彼女は手早く夕食にオムレツを作った。スーザンは尊敬のまなざしを向けている。

「すごい！　私はゆで卵も作れないわ」

「だったらお金持ちと結婚しないとね」タラがからかった。「男の人の心を射止めるには食事から、ってお母さんに言われたことはない？」

「うちのママは、男はお金で手に入れるものだって思っているもの」スーザンの苦々しい表情にショックを受けて、タラは黙り込んだ。小さな町なのでいろいろと噂は耳にしていたが、単なるゴシップだと思ってこれまで気にかけたこともなかった。スーは何が言いたかったのかしら？　お母さんはお父さんを裏切るようなことをしているの？　そういえば、スーザンの父親の話を、彼女以外の人から聞いたことがなかった。家はスーザンの母が取り仕切っているような印象がある。お母さんは親から莫大《ばくだい》な遺産を受け継ぎ、そのほとんどは出身地であるアメリカで多くの企業に投資されているという話だったけれど、お父さんはどんな人？　どんな仕事をしているの？　外国で働いているとスーザンは言っていたが、両親のことを詳しく話したがらない彼女にそれ以上突っ込んできくことはできなかった。スーザンはいつも父親をかばうような態度を見せる。きっとお父さんは優しくて弱々しく、奥さんの尻に敷かれるタイプに違いない。子供のことを守ってあげられないほど弱い父親だなんて。タラは少し軽蔑の念を覚えた。スーはお父さんを必要としているのに、それもわからないのかしら。

そんなことを考えながらタラはスーザンの隣の部屋でベッドに入った。前にも泊まったことがあるタラは、スーザンが夜中によくうなされて、お父さん、と叫ぶのを知っていた。だが朝になると彼女は自分ではそれを覚えていないらしい。

ちゃんとお父さんがいてもめったに会えないのと、私のように永遠に会えなくなってしまったのとでは、どっちが余計につらいかしら。高価なシーツに身を横たえ、タラは考えていた。

少し眠ってから、タラは急に目を覚まし、静けさの中で耳をそばだてた。

喉が渇いて仕方がないので、タラは水を飲もうと台所に下りていった。家の構造はよくわかっているので電気をつける必要はない。少し開いていた台所のドアを押して、冷たいセラミックの床を裸足《はだし》で踏みしめた。蛇口をひねった時、何かの気配に、タラは腕に鳥肌が立つのを覚え、ぎょっとして後ろを振り向いた。その瞬間、強い力でむき出しの腕を捕らえられ、男臭い温かい息が髪にかかった。「スー?」

「スーは寝ています。私はタラ。スーの友だちです」タラは反射的に答えた。

「そうだったのか」疲れたようなかすれ声だった。

「君のことはスーの手紙に書いてあったっけ」腕が自由になり、大きな影が動く気配があってから電気のスイッチが入った。

台所全体にまぶしい光が広がり、タラは目をぱちぱちさせた。自分が薄い木綿のナイトドレス姿だということをタラは忘れていた。透けるほど生地が薄いのに加え、小さいころから着ているので、このところすっかり大きくなった胸の先端と先端の間で布がぴんと張っている。やっと目を開けた彼女は前に立っている男性の男らしさに、頭がくらくらするほどのショックを受けた。全体に疲れた様子ではあるものの、百八十センチを超える長身、黒いタートルネックのセーターの下からでも筋肉がはっきりわかるほどたくましい肩や胸、黒いズボンに包まれた、引きしまった細い腰としなやかな太腿は、どきっとするほど魅力的だった。タラは彼の顔に視線を向けずにはいられなかった。そしてまた驚きに目を見張ることになった。官能のにおいを漂わせる濃い青い瞳がタラに向けられている。荒削りな顔つきには危険な魅力があふれていた。

「あなた……誰？」なんとか威厳を保たなければという気持ちと、この館を任されている責任感から、やっとのことでタラは言った。もしかしたらこの男は、スーザンの母が反対する、スーザンの好ましくない知り合いかもしれない。一目見ただけで、十四歳の少女にふさわしくない相手だということはわかる。すれた感じとシニカルな雰囲気を持つ彼が、毒のある、ちょっとでも触れると爆発しそうな危険な何かを抱えていることはタラにもわかった。それでいてタラを見る目にいやらしさは感じられない。彼は心配そうなタラの顔とその細い体に素早く視線を走らせた。

「ミセス・リアは？」彼はタラの質問を無視して穏やかにきいた。タラの表情を見て、無関心だった瞳に怒りが宿り、陰りがさした。彼はうんざりしたように息を吐く。「まさか、ヒラリーはまたスーをこのだだっぴろい家に一人置いて出かけているんじゃないだろうな。君のような子供に留守番をさせて」

「ミセス・リアは急用ができたんです」その口調に権威を感じ取ったタラは、とっさに家政婦をかばわなくては、と思った。「どこから入ったんですか？ドアには鍵《かぎ》がかかっているはずなのに」

「悪魔でも見るような顔をしないでくれよ」彼はからかうような口調で言った。「そんなにびっくりしなくても、これを使ったんだ」鍵を取り出して、急に顔をしかめ、肩をぐるぐると動かす。「くたくただ。大西洋を越えて飛んでくるのは拷問だね。ところで、冷蔵庫にミルクは残っている？」タラがうなずくと彼は椅子にぐったりと腰を下ろして背をもたせかけ、目を閉じて体の前で手を組んだ。「悪いんだけど一杯注《つ》いでくれないか」動かないまま彼は言った。

タラは気圧《けお》されたように命令に従い、おずおずとグラスをテーブルに置いた。

「怖がらなくても、かみついたりしないから」皮肉めいたその言葉に、グラスを押しやろうとしたタラはまた飛びあがった。目を閉じているのに、どうして私がおびえているのがわかるのだろうか。

「スーは元気？」ミルクを飲み干すと彼は言った。「かわいそうに、最近は我慢することばかりのようだね。ヒラリーはいい母親とは言えないから。おや、何も言わないの？」苦い口調だった。「別に気にしなくてもいいんだよ。ヒラリーは自分で母親業は大嫌いだと公言しているんだから。なぜそんなふうに僕を見ているんだい？」急に彼の青い目が開き、心の底まで見抜くかのように真っすぐタラを見る。

「何か作りましょうか」知らないうちにタラはそう口にしていた。「おなかがすいているのでしょう？私も旅行するとおなかがすくの」ばかなことを言っている、と自分で思いつつも、止められなかった。射るような青い瞳を避けようと努めながら、タラは忙しく台所で動き回った。

「君がスーの母親の悪口を言いたくないのはよくわかるが、どうもそれだけじゃないみたいだね」タラの心をのぞいたように相手は言い、身を乗り出すと、タラが冷蔵庫から出したばかりの卵のカートンをこわばった手から取りあげた。彼の手は温かくて固く、細い指ときれいに手入れされた爪が印象的だった。タラは魅入られたように、それを見ていた。その指が自分の肌に触れるところを想像すると、奇妙なざわついた思いが胸の奥にわき起こる。彼女は大きく体を震わせて、ぎょっとしたように身を引いた。自分の考えたこと、それがもたらした不思議な禁断の感覚がショックで、瞳に映るその気持ちを、この知らない男性に読み取られることが怖かった。

「どうしたんだい？」彼はゆっくりと言う。「なぜ黙っているの？」

「スーには両親がちゃんといるわ」タラは卵を割りながら、深く考えもせずに言ってしまった。「お母さんと、それにお父さん」

「それで？」濃い眉の片方が問いかけるように上がり、青い目が細められ、じっと、そして鋭くタラに注がれた。

「それで……」どうして私は彼の前でこんなに気まずい、びくびくした気持ちになっているのだろうか。

「お父さんがちっとも家にいないから、スーは寂しい思いをしている」かすれた声でやっと彼女は言った。「スーはお父さんが好きなんです。そのお父さんがいてくれなくて寂しいんです。お父さんはスーがお母さんにどんな扱いを受けているか、知ろうともしないの。そんな気はないみたいで……」

「続けて」青い瞳が真剣な色をたたえてタラを見据えていた。タラは勇気がなえ、こんなことを言い出すのではなかったと後悔して言葉に詰まった。「スーは父……父親に構ってもらいたいんだ、と言ったね。君は思ったことを隠せない性格なんだね。父親への非難が顔に出ているよ」

「スーにはお父さんが必要なんです。でもいつも留守で、彼女がお母さんにつらい思いをさせられたって知らん顔をしてる。仕方がないのかもしれないけど」タラはあわててつけ加えた。「穏やかな人らしいから、とてもあんな……奥さんに反抗することなんて……」彼女は消え入るような声で言って、震える柔らかな唇をかんだ。こんな話をするのではなかったと、後悔がわいてくる。

「スーはお父さんのことをそんなふうに言っている

の?」相手の口調には奇妙な響きがあった。「優しいけれど弱い人だって?」

タラはまたも心の内を隠せず、真っ赤になった。不在がちの忙しい父親についてスーザンが口にするほめ言葉から自分が勝手に結論づけたことだと、わざわざ相手に言うまでもなかった。

「スーはお父さんがとっても好きなんです」どぎまぎしてタラはそうつぶやいた。「そうだわ、彼女にあなたが来たことを教えないと。あの、どなた様ですか?」その時タラは突然、さっき彼から家の鍵を見せられたことを思い出した。

相手は皮肉っぽい微笑を浮かべて、空になったグラスを置くと立ちあがった。「失礼。もっと早くに自己紹介するべきだったね。僕はジェームズ・ハーヴェイだ」やっと気がついて表情を変えたタラを、彼はじっと見た。「そうだ。弱い、でもスーのことを大切に思っている、彼女のお父さんさ。義理の父親と言うほうがいいな。君にはわからないかもしれないが、義理の父親は血のつながりのない子供に対しては慎重に接する必要があるんだ」

義理の父親? この人が! さまざまな複雑な思いがタラを襲った。この人がスーザンのお母さんの夫だなんて信じられないという気持ちの一方で、よりによって当の本人に向かって生意気な意見を述べてしまった自分の愚かさに怒りが込みあげてくる。

「気にしなくていいんだよ」

彼の表情が和むと、スーザンが彼を好きになった気持ちが初めてわかるような気がした。どうしてスーは私に、お父さんとは義理の仲だということを一度も話してくれなかったのだろう……。でも、考えてみれば無理もないことかもしれない。

「スーを起こさないであげてくれ」ジェームズは続けた。「僕もくたくただし。すぐにも眠りたいんだ。さあ、行こう」彼はタラを先に行かせようと台所のドアを開けたが、ちょうど二人が並んだところでタラがつまずいた。彼の右手が伸び、倒れかけたタラのウエストをしっかりと支えた。肋骨《ろっこつ》のあたりの柔らかな肌に指先が食い込むのを感じて、タラの心臓は早鐘のように鳴りはじめた。口ごもって礼を言うと、ジェームズは電気を消して、タラを支えていた手を引っ込めようとした。彼女が向きを変えた拍子に、ジェームズの指先がその胸の先端をかすり、なぜかわからないまま、タラは身震いするような衝撃を覚えた。

スーのお父さんなのよ、と自分に言い聞かせ、タラは偶然の触れ合いに反応した自分の体を疎ましく思った。

二人は一緒に二階に上がり、ジェームズはタラを踊り場に残してスーザンの母がいつも使っている部屋に入っていった。タラはなかなか寝つかれなかった。

日を経るにつれて、タラはジェームズをよく知るようになった。最初に会った時に印象的だった官能的な魅力とシニカルな雰囲気の裏に、スーザンの言うとおり、思いやり深い温かさが隠れていることもやがてわかってきた。同時にタラは自分自身についても、考えてもみなかった、そして知らなければよかったと思う発見をすることになった。そのせいで夜は眠れず、学校では授業に身が入らなかった。タラはスーザンの義理の父に、どうしようもないほど引かれていたのだ。十代の女の子によくある憧れとか初恋にそれまで無縁だっただけに、ジェームズに対する突然の熱い思いはタラ自身にとっても怖くなるほどのショックだった。しかもそれは強烈なばかりか、肉体的なものを含む憧憬《しょうけい》だった。彼の腕に抱かれることを思い、キスをされ、大人の男の技巧に翻弄《ほんろう》される自分を想像してぼうっとする日々が続いた。そんなことを考える自分に困惑するあまり、ジェームズの前に出ると自意識過剰になり、何も言えなくなった。どぎまぎして会うたびに赤くならずにはいられなかった。だがジェームズがいてくれるだけでうれしくてたまらないスーザンは、友人のそんな変化には気づいていないようだった。タラはスーザンの母が戻ってくる日を一方で心待ちにしながら、もう一方では恐れていた。

スーザンもジェームズも、めったにミセス・ハーヴェイのことを話題にしなかった。どうしてジェームズはヒラリーと結婚したのだろう。タラは何度も考えた。ずっと年下の二十代後半だし、魅力的で男らしく、父親から受け継いだ事業も順調らしい。なのに、なぜ？　読書家のタラはクラスメイトが思っているほど世間知らずのうぶではなかった。富の持つ力がどんなものか、わかってはいる。でも彼がお金のためにヒラリーと結婚したと考えるのはどうしてもいやだった。だからといって、彼がヒラリーを愛しているとも思いたくない。彼女は疑問を振り払い、私には関係がないことだと言い聞かせ、ジェームズと過ごす時間を目いっぱい楽しもうと努力した。スーザンがいつも一緒だったが、気にはならなかった。心の中で大きく育っていく彼への愛は自分だけの秘密だったし、人に話す気はなかった。ジェームズは、タラをスーザンと同じように扱ったが、彼が自分を見る視線の中に、タラは時おり血を熱くたぎらせるものを発見した。そしてそんな時にはますます、心の内を明かさないように気をつけるのだった。

ある日の午後、タラとスーザンは自転車でスーザンの家に帰ってきた。スーザンの母から国際電話がかかり、タラはジェームズと二人きりで取り残された。タラの母はというと、最近年下のスーザンとばかり遊んでいる娘に不満をもらし、もうすぐ大学の試験があるのだから、と口うるさくなっていた。ジェームズのことも、十歳以上も年上の女性と結婚するなんて理由は一つしかない、と苦々しげに批判している。

どうやら母はジェームズを嫌っているらしい。最初にジェームズに家に送ってもらった時から、タラはそれに気づいていた。彼が夜中に帰ってきたその翌朝のことだ。娘を送ってポルシェから降りたったやせた若い男性を見たとたん、母の口角は怒ったように下がり、目が警戒するように鋭くなったのだ。

「勉強のほうはどう?」ジェームズがネクタイをゆるめながらさりげなくタラに尋ねた。例年になく暑い日が続いた六月のことだった。タラの肌は日焼けしてクリーム色がかった金色になり、鼻柱のあたりには小さなそばかすができていた。

「順調よ」気乗りしない答えを返したタラは、ボタンを外した襟元からのぞいているジェームズの喉に視線を吸い寄せられずにはいられなかった。なぜか息が苦しくて、ぞくぞくする感覚が体を走り、腕に鳥肌が立ってくる。

ジェームズは顔をしかめて温かな褐色の手をそんなタラの腕に置いた。「寒い?」

指が腕に巻きつけられ、彼のにおいがタラの鼻孔に届いた。シャツからのぞく胸毛がちょうど目の前に来て、タラは首を振ることしかできなかった。

「だったらどうしてこんな?」ジェームズの視線が鳥肌を立てたタラの肌に注がれている。「タラ?」

彼の手が腕から肩に移った。震えているのを知られたに違いないと思い、タラは不安と恐怖が浮かんでいる瞳をそむけた。彼に本当のことを知られるのが怖かった。

「タラ?」

切羽詰まったような、低い声の二度目の呼びかけで、また身震いがタラの体に押し寄せてきた。目を上げるとジェームズが小さく悪態をつき手を放すところだった。同時にスーザンが部屋に戻ってきた。

「ママだったわ」とっくにわかっていることをスーザンは口にした。「お誕生日に小切手を送ってくれるって」スーザンは顔をしかめた。「たったの二分で書いて、秘書に渡して送らせるんだわ」

「ジェームズと話したいとは言わなかったの？」挑むような甲高い声に、スーザンばかりではなくそれを言った当のタラも驚いた。

「いいえ」

びっくりしたようなスーザンの言葉を受けて、ジェームズはゆっくりと言った。「ヒラリーの人生には男と話をしている暇なんかないのさ」それからからかうようにタラを見た。「ショックかい？　君は若いね」

ほめられているのではないことはわかったが、彼の口調には苦いものが含まれていて、タラはそれ以上何も言えなかった。スーザンは自分の誕生日の話を始めた。食事に連れていってほしい、タラも一緒に、とジェームズに頼んでいる。

「あら、私は……」我に返ったタラは言った。「私はいいから、二人で……」

「ぜひ二人一緒に招待したい」ジェームズが穏やかにさえぎった。「予約を入れよう。断らないでほしいな」彼はタラに優しくつぶやいた。「母親に無視されてスーは傷ついているんだ。大事な友だちの君にまで断られたらかわいそうだ」

「来てくれるわよね」スーザンの不安そうな言葉はタラの耳にはほとんど入っていなかった。

「もちろんよ」弱々しく言う自分の声が耳に届く。だが心の奥の奥では、自分が危険な場所に一歩踏み込んでしまったことがタラにはわかっていた。

当然タラの母は反対した。「十四歳の子がホテルでディナーですって？　とんでもないわ！」行ってもいいという許可をもらうのは大変だった。タラは普段着以外にはほとんど服がなく、持っている外出着は母が選んだ、地味で子供っぽい服だけだった。

それに対し、スーザンはあきれるほどたくさんの服を持っていた。本人が自嘲《じちょう》気味に、〝ママが罪滅ぼしするためのお小遣い〟と呼んでいるお金を毎月もらっているからだった。町一番の高級ホテル、ダヴェンポート・アームズでのディナーにふさわしい服がないことをタラが打ち明けると、スーザンはタラを自分の部屋に連れていき、ワードローブのドアを開け放った。「どれでも好きなのを選んで。あなたのほうが背は高いけど、やせているから」タラが断るのを無視して彼女はたんすの中を引っかき回した。「ほら、これなんかどう?」最後にワードローブからスーザンが見つけ出したのは、しわの寄った緑色のコットンドレスだった。裾《すそ》にいくに従って緑が濃くなり、ひすい色に近くなっている。

それは一見、タラがヒリンドンの町のショーウィンドウで見て憧れていた服に似ていた。だが手にしてみるとそれよりはるかに高価なブランド物の服だった。コットンは薄い上質なもので、裾が広がったスカートには同色のハンドメイドのレースが何段も縫いつけられている。ペザント・スタイルのネックラインと、サテンのリボンがついた小さなパフスリーブのそのドレスは、タラにぴったりだった。タラは魔法にかかったように、言われるままにドレスを着てみた。

「うん、私なんかよりあなたのほうがよく似合うわ。私が着ると余計に太って見えるの。ほら、ペチコートもついているのよ。それにウエストコートも。これ、あなたにあげるわ」タラは辞退したが、スーザンは聞かなかった。「だって私はこの先絶対に着ないもの。どうせママが罪滅ぼしに買ってきた服だし」

ディナー当日、タラは気乗りのしない思いでその服を着た。意外なことに母はスーザンに〝借りた〟

服についても何も言わなかった。その日は土曜で学校が休みだったので、タラは一日かけておしゃれをした。生まれて初めての経験だった。髪を洗って自然に乾かし、どうしても少しカールする自分の髪が気に入らなくて顔をしかめた。ショートにしている子が多い中、タラは好んで髪を伸ばしていた。緑色のシャドーを薄く入れると瞳の色と大きさが強調された。マスカラをつけて化粧を済ませ、スーザンのドレスに身を包む。鏡を見たタラは渋い顔になった。襟が大きく開いているので、ブラのストラップが見えてしまう。

何度やってみてもうまく隠せないので、とうとうブラをしないことに決めた。ジェームズの前でブラのストラップを見せるようなぶざまなことにはなりたくない。彼の周りの女性たちはブラをつけないことなんかなんとも思わないに違いないわ。タラはまた鏡の中の自分を点検した。ウエストコートがあるので、ノーブラだとはわからない。それがないとふっくらとした胸の先端が扇情的に透けて見えることを、タラは考えまいとした。

リップグロスを塗り終わった時、ジェームズのポルシェが家の前に滑り込んでくる音がした。

スーザンは後ろの座席に座っていたが、ジェームズはタラのために助手席のドアを開けてくれた。

「タラ、ジェームズと前に乗って」スーザンが言う。「とってもきれい。ドレスのせいか、すごくいつもと違わない?」彼女は義理の父に向かって言った。

夕闇《ゆうやみ》が濃くなったせいで赤くなった頬が目立たないのがありがたかった。ジェームズの視線がきゅっと上がった胸に注がれていると思ったのは、気のせいだろうか。

ホテルまではほんの十分ほどだった。駐車場はもう満車に近い。ジェームズの姿を見ると制服姿のボーイがほほえみを浮かべて挨拶《あいさつ》した。

三人が案内された席は、奥まったところにある窓際のアルコーブだった。眼下には川が流れ、河岸は色とりどりの電球で飾られている。ホテルの前にはボートがつながれていた。薄闇の中でボートに描かれた模様がぼんやりと見分けられた。

「いいわねえ。毎日移動して、新しい人、新しい場所と出会えるんだもの」スーザンがうっとりと言った。

「タラ、君は？　変化のある、わくわくするような人生を送りたい？」

「世界は見てみたいわ」タラは慎重に答えた。「けど、どこに行っても人間は同じだと思うの。環境が変わっても問題が解決することはないと思う」

「確かにそうだ。若いのによくわかっているんだね。でも、君に人生の問題がわかるはずはないと思うけど」ジェームズがからかった。

その言葉にぎりぎりまで緊張していたタラの中で何かが爆発した。タラの思いすごしかもしれないが、ジェームズは年のことを、まだ若いことを、いつもからかう。それが耐えられなかった。

「経験がなくたってわかることはたくさんあるわ」彼女は怒ったように言った。「想像すれば……」

「百聞は一見にしかず、と言わないかい？」ジェームズの穏やかな口調に何かを感じて、タラは顔を赤らめた。ジェームズから見たら、私はどうしようもない子供なんだわ。同い年の男の子相手みたいには話ができない。

タラはスーザンと同じステーキと、デザートにはチョコレートムースを注文した。ジェームズは甘いデザートを断り、代わりにブルーチーズとクラッカーを選んだ。スーザンの誕生日だから、と彼はフルボディのブルゴーニュ産の赤ワインをボトルで頼んだ。スーザンは一口飲むと顔をしかめた。

タラもスーザン同様、ワインが好きではなかったが、ジェームズが笑うのを見て、無理に自分のグラスを空にした。

レストランの中は暑く、コーヒーを待つ間にタラは我慢しきれなくなってウエストコートを脱いだ。慣れないワインの酔いと緊張のせいで、頬が燃えるように熱い。ウエストコートを脱いで身を起こしたタラは、スーザンと話していたジェームズの視線が自分に向けられたのを感じた。射るような視線はタラの柔らかな喉元からきゃしゃな鎖骨のあたりに、そしてさらに下へと下りていく。心臓が喉に張りついたような気分になり、口の中がからからになった。薄い木綿のドレスの下で肌が熱く燃え、見つめられたせいか胸の先端が固くなり、布地の下からはっきりと浮かびあがった。タラは当惑した。もう一度ウエストコートを着ることも思いつかないまま、身をこわばらせて椅子に座り、食事が終わるのを待っていた。泣きたくて、喉の奥が熱くなる。ジェームズは私のことをどう思っているかしら。何がどうなっているのかわからなかった。初めての経験ながら、タラは突然、みぞおちのあたりがかっと熱くなって溶けていくような感覚を覚え、体の中で欲望が熱く脈打つのを感じた。

手が震えて手のひらが湿り、顔が青ざめる。これが青春時代によくある、子供っぽい一時的な憧れだということはわかっている。でもタラに押し寄せてくる肉体的な願望は子供のものではなかった。見つめられているその部分に、彼の手を感じたいと子供が思ったりするだろうか。

「タラ?」スーザンに何かきかれていることに気づいて、タラは震えながら笑顔を作った。「大丈夫?顔が青いわ。コーヒーのおかわりがもういいなら、そろそろ帰らない?」

タラは首を振って自分に襲いかかるさまざまな感情を押し殺した。彼女はジェームズの隣の席に座らなくてもいいように、わざと出口でぐずぐずしていた。

だが思いどおりにはいかなかった。スーザンが眠そうに言った。「私、後ろに座る。家に着くころにはきっと寝てしまっているわ」

夜になって気温が下がり、薄いドレスのタラはポルシェの豪華なシートに座って震えていた。

「寒いかい？　ヒーターがすぐに効いてくるから」

ジェームズはそれっきり何も言わず、車はタラの家の前に着いた。

早く車から降りようとしてぎこちなくドアのハンドルを回した時、体ごしに手を伸ばして開けてくれたジェームズの息を頬に感じて、タラは思わず声をあげた。視線も上げずに彼に礼を言い、急いでスーザンにさよならを言おうと振り向いた。その動きを腕にかかるジェームズの手が制した。「寝てしまったよ」

タラは自分が震え出したのを自覚した。ジェームズが何かささやくのが聞こえ、タラはびくっとして目を見開き、体を引こうとした。だが彼の腕はすでに体に巻きつけられ、彼の唇がタラの少し開いた唇をかすめた。

「最初に会った時からこうしたかった」

ハスキーな声が、タラをますます混乱させた。逃げなくては、動いてこの魔法から逃れなくては。そう思うのだが、本能がタラにそれを禁じていた。彼女は間近にいるジェームズにくらくらし、胸のすぐ下に置かれている彼の手の存在に陶然となっていた。

「スーの言うとおりだ」闇の中で彼の瞳が光った。「このドレスは君のためにあるようなものだ。とてもいいよ」手がタラの胸をそっと包むように動き、親指が微妙にその先端に触れた。タラはショックを受けると同時にうっとりし、思わず息を吸い込んだ。ジェームズがタラの方に身をかがめると、興奮がらせんのように彼女の体の中を駆けのぼった。「いけない。君はまだ子供だというのに、こんなことをするなんて……」

「子供じゃないわ」その思いは突然、確信のようにわいてきた。今夜、タラは子供と大人の女を隔てる川を渡ったのだ。ジェームズへの気持ちが十代のアイドル崇拝とは全く違うものだということを、何世代にもわたって女性の中に培われてきた本能がタラにはっきりと告げていた。「ジェームズ、愛しているの」かすれた自分の声が聞こえた。「あなたが欲しい……」

「君は自分の言っていることがわかっていないんだ」彼のうめくような声は、唇がタラの温かな喉元に押しつけられると消えていった。拒絶しなくては、と思いながら、タラの中の女性の部分がジェームズに触れられて歓喜している。後部座席のスーザンが身じろぎしたのでジェームズは身を引いた。彼の息は荒く、瞳にはぎくりとするようなきらめきが宿っていた。彼が自分を求めていることを、タラは確かなメッセージとして受け取った。「タラ、だめだ。君がもっと大人で、経験もあったら……。それとも僕がもっと若かったら……」彼が首を振るのが見えた。「そんなことはできない。そんなのはフェアじゃない」

「じゃあ、何がフェア?」二人の間にある深い溝――彼が結婚していることや年の差――を忘れてタラは押し殺すような声で言った。問題なのは彼が自分を求めていて、自分はその彼を愛している、ということだけだった。「私をこんな気持ちにさせておいて突き放すのがフェアだと言うの?」

ジェームズの微笑には自嘲が満ちていた。「タラ」彼は低く言う。「僕を誘惑しないでくれ。君のためを思っているんだ。君が僕をどんな気持ちにさせるか、少しでもわかっているのか？　このまま君を連れて帰って抱きたい思いを抑えるのがどんなに苦しいか。僕は心から君を求めている。タラ、僕は男だ。君がまだ経験もしていない恋のゲームで満足できるような子供ではないんだよ」

後ろでまたスーザンが動く気配がした。タラは苦しさと悔しさに引き裂かれて、ジェームズの腕を振りほどき、泣きそうになりながら車を降りた。

翌朝目を覚ましたタラは、自分がなぜあんなことをしたのか、理解できなかった。狭いベッドで体を丸め、自分の愚かさを呪《のろ》ってうめき声をもらす。きっとワインなんか飲んだせいだわ——それ以外に理由は考えられなかった。ジェームズに自分の思いを知られるどころか、自分から打ち明けてしまったなんて。

普段なら日曜はスーザンと会うのだが、ジェームズに合わせる顔がない。そのへんを歩いてくる、一日戻らないかもしれない、と母に告げて家を出た。

母は何も文句を言わなかった。歩くのが好きなタラは、スーザンと仲よくなるまではそうして一日を過ごすことがよくあったからだ。

ジェームズに会って気まずい思いをしないですむことをうれしく思いながら、タラはデニムの上着とジーンズを着て外に出た。スーが変に思うかもしれないが、あとから言い訳をすればいい。運命の女神が味方してくれたら、ジェームズが急にアメリカに戻ることになって、このまま彼と顔を合わせずにすむかもしれないし!

そんなことを考えていたタラは、向こうから赤いポルシェが近づいてきたことに気がつかなかった。車が横に停まって初めて、彼女はジェームズに気づき、動揺して足をもつれさせてあわてて後ろを振り向いた。しかしもう遅かった。彼は唇を引き結んで車を降り、タラの方に歩いてくる。

「逃げても問題の解決にはならないよ、タラ」彼はぶっきらぼうに言ってタラの腕をつかんだ。「ちゃんと話をしよう。うちに来るのを待つつもりだったが、君は戦うよりは逃げるほうを取るんじゃないかという予感がして、来てみたんだ」

「話すことなんかない」目を上げることさえ拒んで、タラはささやくように言った。「放して。痛いわ」

「今きちんと話し合わなければ君はもっと痛い思いをすることになる」ジェームズはそう言いすて、タラの顔を見ると、そのまま有無を言わせずに車の中に押し込んだ。タラは抵抗する気力もなかった。

「タラ」タラは目に涙を浮かべて、ジェームズが片手で髪をすくのを見ていた。額の苦しげなしわを、指先でぬぐって慰めてあげたかった。「タラ、ゆうべのことは気にしなくてもいいんだ。僕と顔を合わせられないなんて、思う必要はない。いいよ、わかっている」彼は否定しようとするタラを制した。

「僕にも経験がある。君から見たらはるか昔のことだけど。君はこの先恋をするだろう。ほかの男たちと。その時に僕はきっと後悔する……」

「私があなたに憧れることがそんなにいけない？」タラは苦々しく言って顔をそむけ、ドアのハンドルに手をかけようとした。

ジェームズはその前にドアをロックし、その手をタラのウエストにそっと回してタラを自分の方に向かせた。

「タラ、僕をどうしたいんだ――いや、僕らを。僕がどれほど君を求めているかがわからないほど、君は無邪気な子供ではないだろう？　君を守りたくて僕が必死に自分と闘っていることがわかるはずだ」彼は突然顔をゆがめた。「僕らの間にある流れに従って自然な結論に行き着いたら、僕は自分を許せないだろう。最初の体験は女性にとって一番大事なものだ。結婚している男なんかには……」

「私を愛する自由がない？」タラがその言葉を引き

取った。「心配しなくてもいいわ。そのあと一生あなたに会えなくても、後悔はしない」タラは芝居がかった言葉を口にした。「あなたなんか大嫌い」

今度は彼もタラを引き止めなかった。タラはそのまま何キロも歩いた。心が少し落ち着くと、自分があんな子供っぽいことを言ったのは、彼が憎いからではなく、自尊心を傷つけられたからだということがわかってきた。こんなに愛している人をどうして憎めるだろうか。混沌《こんとん》とした絡み合う気持ちを整理しようと努めるうちに、彼の言ったことは正しいと思えてきた。二人には将来はないし、彼は私を守ろうとしてくれているんだわ。あとで私が正気に返った時に気まずい思いをしなくてもいいように。僕が君を欲しいのはわかるはずだ、と言った時の彼の表情を思い出すと、タラの鼓動は急に速くなった。常識や道理を捨て去って、彼に最初の体験の手ほどきをしてもらったらどんなだろう。想像するとさまざまなイメージが浮かんでくる。

家に帰ったのはもう夕方だった。疲れ切ってはいたが、ジェームズのことを夢みる気力だけは残っていた。タラは何度も彼の名を呼び、ついには自分の声で目を覚ますほどだった。

スーザンに会ったのは翌日の昼休みだった。彼女はなんとなく悲しげだった。

「昨日、急にジェームズが仕事でアメリカに帰ってしまったの」

タラの心は沈んだ。本当に用事ができたのだろうか。それとも私から逃げるため？　理性を働かせてくれたことに感謝しないといけないのだろうけれど、さよならもなく彼が去ったことにタラはひどく傷ついた。

それから二カ月がたった。ジェームズがいなくなれば恋心も薄れると思っていたのに、事態は逆だった。スーザンが彼の名を口にするだけで心臓がどきどきするし、彼に似た髪の色の男性を見るだけで鼓動が百倍も速くなった。

試験の時期が来て、それが去り、結果を楽しみにする気持ちと恐れる気持ちがタラの中で交錯していた。

八月の蒸し暑い午後、一人でいることに退屈したタラはスーザンの家に出かけた。スーザンの母は八月下旬にニューヨークから戻り、数週間滞在する予定になっていた。ジェームズが一緒かどうか尋ねる勇気はタラにはなかった。

暑い中、自転車で行ったので、スーザンの家に着くとくたくただった。日はすでに落ち、雷雨を予感させる電気エネルギーがむっとした大気中に充満していた。雷嫌いのタラは暑さにもかかわらず震えていた。

門を抜けて家に向かったその時、とうとう嵐《あらし》が襲ってきた。鮮やかな閃光《せんこう》が空を切り裂き、雷鳴が真上でとどろく。タラは怖くなり、自転車を捨てて家に向かって走り出した。それとほとんど同時に激しい嵐になり、裏口に駆け込むまでの短い間に、タラはずぶ濡《ぬ》れになった。幸いドアの鍵はかかっていなかったが、台所にスーザンの姿はなかった。

嵐の音をかき消したくて、タラは大声でスーザンの名を呼んだ。髪からは水滴が垂れ、ジーンズの裾もウエストのあたりもびしょ濡れだ。

十分たっても誰も出てこない。スーザンはよく鍵をなくすため裏口を開けたまま近くまで外出することがあるが、今日もどうやらそうらしい。

空は真鍮《しんちゅう》を思わせる鈍い金色から、錫《すず》のような暗い鉛色に変わっていた。一秒ごとに雷の音が激しさを増す。タラは気を紛らわそうとラジオのスイッチを入れてみたが、雑音がひどいのであきらめた。

空を稲妻が走り、家の裏手にある公園の木に雷が落ちたのか、ものすごい音がした。タラの震える唇から小さな悲鳴がもれた。こんな中を、家に戻ることはできなかった。彼女は恐怖に凍りついたまま、台所の真ん中に立ち尽くし、少しでも嵐が収まる気配がないかと、外を見つめて耳をそばだてていた。

だから台所のドアが開いたことには少しも気づかなかった。気配にはっとして振り返ったタラの目は恐怖に大きく見開かれ、皮膚が顔に張りついたように表情がこわばっていた。

そこにいたのはジェームズだった。ビジネススーツに身を包んで片手にかばんをさげている。疲れていることはすぐにわかったが、そのとたん、すぐ真上で雷鳴が鳴り響いた。タラは悲鳴をあげて思わず彼の腕に飛び込んでいた。「タラ、いったいここで……」唇に押しつけられたタラの髪に阻まれ、その言葉はとぎれた。腕が反射的に彼女の体に回される。突然飛びつかれて、彼はバランスを失って倒れかけた。

「止めて、止めて！」稲妻の音に耐えかねてタラは両手で耳をふさぎ、すすり泣きながら叫んだ。恐怖が上げ潮のように血管になだれ込み、体を満たす。

「静かに。大丈夫だ、怖くないよ。一人？」

「ええ。スーに会いに来たけど、いないの」また空が光り、タラはびくりと身を縮めた。

「びしょ濡れじゃないか。タオルを取ってくるよ」

離れようとするジェームズにタラはしがみついた。

「大丈夫。すぐに戻るから」

上着を握りしめているタラの指を引きはがすようにして彼は台所を出ていった。

また雷が鳴った。タラは歯を食いしばり、爪が手のひらに食い込むほどこぶしを固めて、彼はすぐに戻ってくる、と自分に言い聞かせた。彼はきっと私をばかにするわ、パニックに陥ってはだめ。その時今度は家をとどろかすほどの大きな音で雷が鳴って、ジグザグに走る稲妻が窓の外に見えた。タラは自制がきかなくなり悲鳴をあげて台所を飛び出すと、階段を駆けあがって、ジェームズがいつも使っていた部屋に飛び込んだ。恐怖に我を忘れていたため、ちょうどバスルームから出てきた彼がタオルを腰に巻いただけの姿だということにも気づかなかった。やっとそれがわかったのは、柔らかな二の腕を彼につかまれた時だった。

「タラ、何をするんだ」ジェームズが言うのも無視して、タラは彼の腕に身を投げかけ、すべてを忘れて恐怖にがたがたと震えていた。言葉だけではなだめられないと思ったのか、ジェームズはゆっくりと彼女を窓辺に導いた。「見てごらん。嵐は収まりかけている。もう安心だ」

自信に満ちた静かな声は、全身を揺さぶるパニックを突き抜けてタラの耳に届いた。少し落ち着くとタラは、ジェームズの太腿が体に押しつけられ、自分の指先がサテンのようになめらかな彼の肌に触れていることを意識せずにいられなかった。

「タラ……」

その声で、彼が何をしようとしているかがわかった。私から離れて、私を部屋の外に追い出すつもりだわ。それは耐えがたかった。このままでいたかった。彼に触れているという喜び、彫刻のようなその体を肌で感じる幸せにもう少しひたっていたい。

心の底で小さな警告の声がしたが、タラはそれを無視した。

「ジェームズ、追い出さないで。お願い。あなたが言ったことをずっと考えていたの。そして……」彼の裸の胸元に視線を落とすと、胃のあたりが溶けてしまいそうな不思議な快感に襲われる。

「君はあの時、僕を嫌いだと言った。二度と君からあんな言葉を聞きたくないんだ」

彼は変わったわ——突然タラは気がついた。この二カ月でやせたし、私を見る瞳に以前にはなかった、くすぶったような激しいものがある。

「私、あなたを憎んでなんかいない」タラは大きく息を吸い込んだ。「愛しているわ。たとえ……」たとえあなたが私を愛していなくても、と言いたかったが、口に出せなかった。「私の……最初の男の人になってほしいの」

それ以上は言えなかった。彼は強くタラを抱きしめ、唇を喉の下のくぼみに押しつけてきた。舌が動くと炎がはうような感覚が全身を包んだ。

「君は自分が何を言っているか、わかっていないんだ」ジェームズがかすれた声でつぶやく。「何も変わっていないのに。僕は今だってどうしようもなく君を求めている。おかしいってわかっていながらだ。僕を止めてくれ、タラ」低い声でそう言いながら、彼はタラの喉に唇をはわせた。「お願いだから。今止めてくれないと、引き返せなくなる」

「止めたくない」タラは息を弾ませてささやき返した。「私を抱いて、ジェームズ」

それからの数時間のことをタラは一生忘れないだろう。それは魔法の、歓喜の時だった。

ジェームズは思いやりを持ってタラを未体験の領域に導いた。魂まで震えるような思いを味わわせて、もう我慢ができなくなるまで待ち、そのため、苦痛はタラ自身の性急な欲望の潮にあっけなく流されていった。そしてその時に初めて、彼は愛しているという言葉を口にした。だがそれと同時に発せられたのは、起こってしまったことに対して自分を責める言葉だった。一方タラはただほほえんで歓喜の名残に体をたゆたわせていた。タラが後悔したのはそれから六週間たってからだった。妊娠を知ったタラは、助けと助言を求めるためにジェームズに会いに行った。だが彼はいなかった。代わりにタラの前に現れたのはヒラリーだった。おずおずと彼がいるかどうかと尋ねるタラに、ヒラリーは残酷な言葉を投げつけた。あなたとのことは彼の数ある気まぐれな浮気にすぎない、あとで二人でその話をして笑い合ったのだ、と。

とうとう妊娠のことは言えないまま、タラは家に戻った。あとから、ジェームズはヒラリーがヒリンドンに来る数日前にニューヨークに戻ったと聞かされた。二人はヒリンドンで短い間一緒だったが、一緒にはアメリカに帰らなかった。そのわけはヒラリーから聞かされた。「わからないの、おばかさん。彼はあなたから欲しいものはもらったの。それでおしまい。黙っていなくなったのは、彼のいつものやり方よ。もうあなたに用はないんだもの。わかる？ 彼は気晴らしをしたかっただけなのよ。気の毒にね。本気で愛されているとでも思ったの？ あのね、私がちゃんと構ってあげていれば、彼はあなたなんかに目もくれなかったわ。あなたみたいに経験もない、つまらないぶざまな子がジェームズのような男性に釣り合うと思って？ 彼は人生の楽しみをさんざん味わって、女ともたくさん遊んでいるんだから」

家に帰るまでにタラは何度も吐き気を催した。みじめだった。その夜、母に詰問されて、タラは本当のことを告白した。そしてそれ以来、タラの人生はすっかり変わってしまったのだ。ジェームズに愛されたあの日の午後、自分は大人の女になったと感じたけれど、そうではなかった。タラが本当の意味でやっと大人になったのは、自宅の小さな居間で、生まれた子供はどこかに養子に出さなくてはいけないと母に説得され、それをきっぱりと断った時だった。

5

寝室に近づいてくる足音を聞き、タラははっとした。回想の世界を振りすて、現実に戻る。ドアを開ける時、彼女は少し震えていた。

「気分はよくなった？」スーザンが同情するように言い、タラがうなずくのを見て続けた。「まだ顔色が悪いわね。でもマンディには本当に助かったわ」

彼女はほほえんだ。「よくピアースの相手をしてくれるんですもの。母性的なのね。サイモンもとってもいい子」

「サイモンは少し繊細すぎるの。時々心配になるわ」

「こんなつまらないことを言ってはいけないかもしれないけれど、父親が必要だと思うことはない？」

「お手本にできる男性が、という意味？」タラは顔をしかめた。「そんなことを言う心理学者もいるけれど、けんかをする両親よりは心から愛してくれる片親のほうがましだと私は思っているわ」

「そのとおりだわ。ロマンチックなところは昔と変わっていないのね。うれしいわ。父親が必要だからというだけの理由で、感じはいいけれどつまらない男と結婚する、なんて聞いたらがっかりよ。そうそう、ミセス・バーンズが子供たちに夕食を食べさせているのだけど」

「すぐに下りていくわ」タラはそう言って友人をドアのところまで見送った。

「タラ……」足を止めたスーザンはなぜか少し顔を曇らせている。「ジェームズは昔と変わったと思う？」ためらいがちに彼女は尋ねた。「アレックは私の思いすごしだと言うんだけど、なんとなく前と変わったような気がするの」

「私はもう何年も会っていなかったんだもの。変わったという印象を受けるのは当然だわ」タラはきびきびした口調で言った。

「母と別れてから、彼はずっと一人なの。でもね、母と大げんかをした時に、絶対に離婚しない、その人とは結婚させないから、と母が言っているのを聞いたの。だからあの当時は誰かいたと思うのよね」

「失いかけているものの大きさに気がついて、気が変わってその人を捨てた、とでも言うの？」タラは皮肉を込めて言ったが、スーザンのとがめるような顔を見てすぐさまそれを後悔した。

「タラ！」信じられない、と言いたげな口調で彼女は言った。「ジェームズがお金目当てで母と結婚したと言っている人がいるのは知っているけど、あなたまでそんなふうに言うなんて。ジェームズとはうまが合っていたじゃない。確かに母と彼の結婚には謎《なぞ》めいたところがあったわ。仕事仲間の一人がアメリカで亡くなったと聞いてあわてて向こうに行った母は、前触れもなくジェームズと結婚して戻ってきたの。なのに、二人が一緒にいて幸せそうなところを見たことがなかったわ」

スーザンがジェームズの肩を持つのはいわば当然のことだ。タラはうんざりした気持ちで思った。昔もスーザンは彼を弁護していたもの。彼とヒラリーの結婚が、二人の間で話題になったことはなかった。若い時は都合のいい部分しか見えないものだわ――あの時の私のように。でもジェームズは十代の若者ではなかった。どうやって幸せでない結婚に目をつぶっていたのだろうか。それともそんなことをする必要はなかった？　そう。現実を見つめなくては。私とのことはただの退屈しのぎ、その場だけの遊びだったんだわ。自分に夢中な若い女の子を相手に、刺激的な浮気を楽しんだだけのこと。

「そりゃあ、二人が純粋に愛情で結ばれて結婚したとは私も思っていない。でも彼がお金だけが理由で結婚するとはとても信じられないの」スーザンがまた言う。

「そうね。もっとも、彼の動機が純粋だったとは私には思えないけれど」

スーザンは顔をしかめて台所のドアを開けた。子供たちはそろってきれいに磨かれた大きなテーブルについている。農家のキッチンを模したすてきな造りの台所だ。ミセス・バーンズが二人を温かく迎えた。

「ママ、私、全部食べたの」マンディが得意げに言った。「ピアースにご飯を食べさせるのもお手伝いしたんだ。サイモンは遊んでて――」

「そんなことないよ」サイモンがマンディをにらんで抗議した。

「だったらどうして残ってるの？」マンディは勝ち誇ったように、サイモンの皿の上に残っているにんじんを指さした。

「おなかがすいていないんだもん」言い返すサイモンに同情して、タラは小さくほほえんだ。サイモンはにんじんが苦手なのだ。

「にんじんを食べないとアイスクリームはもらえないのよね、ママ？」マンディの言葉を聞いてタラはまた笑いをかみ殺した。

あなただって、この間嫌いな芽キャベツを残したけど、ちゃんとチョコレートをあげたでしょう、とタラが言った時、アレックとジェームズが犬を従えて入ってきた。犬は真っすぐにサイモンのところに行き、サイモンが残したにんじんを見つけると、目を輝かせた。

アレックが息子に飛びつき、肩車をする。ピアースは歓声をあげた。

「アレック、食べたばかりなのにそんなことをしたら戻してしまうわ。下ろして」スーザンが抗議した。

サイモンは犬に、スーザンとアレックは息子に夢中だ。一方テーブルの反対の端に座っていたマンディは、スツールの上から床を見おろし、次に期待を込めた、誘いかけるような目でジェームズを見た。それに気づいたタラは、喉に固まりが込みあげ、胸が締めつけられるような痛みを覚えた。

「マンディ――」叱《しか》るように言ったが遅かった。マンディは両方の頬にえくぼを浮かべて愛嬌《あいきょう》のある笑顔を作り、命令するように、きっぱりとした態度で両手を上に上げた。

幼い、そして傷つきやすい娘の取った行動に、タラは胸が震える思いだった。生まれてこのかた六年というもの、マンディは一度として男性に媚《こ》びるような態度を見せたことがないのに。最初にこんなことをした相手が、よりによってジェームズ・ハーヴェイだなんて。

ジェームズは一歩進み出て苦い顔になり、目を伏せてマンディから顔をそむけた。何を思っているのか、表情からは読み取れなかった。

マンディが涙をいっぱいにためてうつむくのを見て、タラは急いで走り寄り、娘を抱いて床に下ろした。ジェームズに視線を合わせたタラの顔には、憤りと軽蔑《けいべつ》が込められていた。

子供たちを寝かしつけている時、その出来事に気づいていたらしいスーザンが不安げにタラに言った。

「ジェームズはどうしたのかしら？　子供は好きなはずなのに」

「私の子供だからいやなんでしょ」

「そんな。彼らしくないわ」

私はそうは思わない、とタラは心の中でつぶやいた。スーと違って、私にはジェームズの本性が見えているもの。ハンサムな顔と力強い体つきの裏にあるのは、人間らしい感情がない不毛の砂漠……。

タラは気乗りがしないままディナーの席につく支度をした。気まずい食事会になるのは目に見えている。スーザンはジェームズとタラの間に不協和音があることにすでに気がついているし、タラ自身はさっきジェームズがマンディを拒絶したことが許せなかった。しかもマンディは彼の子供なのだ。彼女はいらいらと乱暴に髪をとかした。シャドーとマスカラをつけている間も、緑の瞳は怒りに満ちていた。

夕食の席だけれどくつろげる格好でいいのよ、とスーザンは言っていた。タラはファッションハウスからサンプルとしてもらった、日本のキモノを意識して作られたシルクの服を着ることにした。生地はクリーム色で、虹色《にじいろ》の光る糸で施した花や蝶《ちょう》のしゅうは、タラが動くたびに光を受けて色を微妙に変化させる。

隠しボタンを留め、そろいの飾り帯を締める。髪をシニヨンに結うと、もう一度鏡の前に立ち、チャスからクリスマスにもらったヴァン・クリーフの香水〝ファースト〟を喉と手首につける。金色のサンダルを履き、気を引きしめて部屋を出た。しかし、ちょうど同じ時に部屋から出てきたジェームズを見たとたん、タラの心は沈んだ。細身のベルベットの上着と裾《すそ》が狭い黒っぽいズボンは、しなやかな筋肉に覆われた長身を引きたてている。彼はタラをじろじろと見ながらその場にたたずんでいた。

一方タラは動くこともできずに彼に見られるままになって立ち尽くしていた。無慈悲なまでに、なめるように全身をはう視線と、彼の発散する生々しい男性的なオーラを意識して、タラは神経の隅々まで鋭敏になるのを感じていた。電気を帯びたぴりぴりした沈黙が広がり、タラの耳に自分の鼓動だけが不自然に大きく響いていた。

その時、遠くでドアが開く音がして、スーザンの声が沈黙を破った。

「まあ、タラ。すてき。どこの服なの？」スーザンの一声で少なくとも見かけだけは普通の雰囲気が戻った。タラは震えながら息を吸い込んで、どうやってその服を手に入れたかをなんとか説明した。

「役得？」ジェームズがばかにしたように言う。「そんなものをもらうだけで満足しているのか？　自分を安売りしているとしか言いようがないな」

「ジェームズ！」スーザンはショックを受け、動揺していた。「タラ、本当に……」

「いいのよ」タラは無理に笑ってみせた。「チャスからはちゃんと仕事に見合う給料をもらっているわ」タラはわざとその言葉に力を込めた。「それに私は彼の愛人でもなんでもない。たとえ彼とそういう関係になりたいと思ったとしても、そうするつもりはないわ」タラはつけ加えた。「私には子供たちがいるんですもの。親は子供の一番の手本にならないといけないと思うの」

「ご立派なことだ」ジェームズがせせら笑った。「たいした変身ぶりだ。君はいつからそんなになったの？」

「ジェームズ……」

タラを見るジェームズの目には同情も思いやりもなかったが、スーザンに名前を呼ばれると彼は表情を和らげ、スーザンの肩に手をかけて優しく抱いた。それを見て、タラは矛盾した思いで胸がいっぱいになった。

「心配しないでも、タラは君が思っているよりずっと強い人だ。そうだよね？」

真っすぐにのぞき込む青い瞳に、優しさはなかった。意外にも喉の奥に熱い涙がわいてきて、タラは動揺した。

冷たい皮肉めいた言葉でなんとかやり返すと、スーザンは口元にあいまいな微笑を浮かべた。そのやりとりがきっかけになったように、夕食の席はなんとなくよそよそしく、お互いが間合いを取り合うような雰囲気に包まれた。タラは気を張りつめっぱなしだった。リラックスした週末を過ごすために招かれたはずなのに、これではチャスと一緒のほうがましだったかもしれない。タラの表情に気がついたのか、突然アレックがからかった。「タラ、どこに行ったのかな？　空想にふけっているようだけど」

「ごめんなさい、チャスのことを考えていたの」タラは考える前にそう口にしていた。「今週は本当なら彼と過ごすはずだったから」仕事で、と説明するより早く、ジェームズが顔をしかめてタラの耳元でささやいた。軽蔑したように瞳が曇っている。

「さっき君はなんて言った？　嘘《うそ》をつくなら、せめてついた嘘くらい覚えておくことだ」

「ありがとう」タラも同じように低い声で言い返す。「自分の体験から出た忠告なんでしょうけれど」

想像していたよりもはるかにひどいことになったわ、と思いながら、タラは食後、みんなとともに客間に座っていた。アレックが気前よくグラスに注いでくれたブランデーと、食事の時に飲んだワインがきいて、頭が少しふらふらする。明日になったら何か口実を作って家に帰ろう。もう一日ジェームズといるのは我慢ができない。なんであんなに軽蔑したような、嘲《あざけ》りと憎しみを込めた目で私を見るのだろう。ひどい目にあわされて、そうしたいのは私のほうなのに。タラはゆっくりとブランデーを口にした。芳醇《ほうじゅん》な強い酒が、タラの心の中にともった怒りをさらに燃えたたせた。いつそれが眠気に変わっていったのか、タラは覚えていない。アレックとジェームズの会話を、彼女はぼんやりと聞いていた。アレックは明らかにジェームズを尊敬しているようだ。スーザンは朝食の段取りをミセス・バーンズに話すために席を立った。次の瞬間、眠気が襲ってきて、男たちの声が意味のない低い雑音に変わり、タラの意識がなくなった。

抱きあげられ、運ばれたことはぼんやりと覚えている。耳元で温かい言葉がささやかれたことも。それはちょうど海辺の貝殻に耳をつけた時に聞こえる、心地よい音のようだった。何年かぶりに安全なぬくもりに包まれた気がして、タラは眠りながら何かをつぶやき、その温かいものにすがりつくように体を丸めた。ぬくもりが遠のくと抗議するようにまたつぶやきをもらした。

「タラ」

きっぱりしたクールな男の声に覚えがあった。しぶしぶ開けたタラの目が大きく開かれ、瞳孔《どうこう》が驚きでひすい色に変わる。タラは服のままベッドに横たわり、その傍らには体をかがめたジェームズがいた。

「大丈夫」体をこわばらせて端に寄ろうとするタラにジェームズは言った。「怖いことはない」彼の瞳に宿る皮肉っぽい表情に気づいて、タラの青ざめた頬に血の色が上った。その様子をじっと見て、彼は続けた。「それとも、安全なのは気に入らない？」

「出ていって」自分の耳にさえ、その声は震えて聞こえた。「出ていってよ」かすれた声で繰り返す。

彼がいなくなるとタラは天井を見つめ、かつて彼の腕に抱かれた時の感触を思い出すまいと努めていた。だが目をつぶると、意思に反してその記憶が波のように何度も押し寄せ、彼女を翻弄《ほんろう》した。抱かれた時の安心感、安らぎ——タラはうめき声をあげて体の向きを変え、記憶を消し去ろうとした。

「朝ご飯が済んだら池までミスティを散歩に連れていくんだ」コーンフレークを前にしてサイモンが言った。家に帰ったら、犬を飼いたいとこの子にせがまれて大変なことになりそうだわ、と思いながらタラは息子に笑いかけた。

「そうそう、ジェームズ、さっき電話があったわ」

スーザンが思い出したように言って、タラに向かって意味ありげな顔をしてみせた。「うちのご近所の人で、どうやらジェームズにご執心らしいの」

「たぶん昨日お会いした人だわ」タラは無理に笑ってみせた。「とても……お似合いのカップルになりそう」

ジェームズの視線を感じたが、タラは目を向けようとしなかった。驚いたことに、昨日無視されて泣きそうになったにもかかわらず、マンディはまた彼の気を引こうとしている。

そっとその様子を観察していたタラは、一生懸命に笑いかけるマンディを無視しているジェームズに憤りを覚えた。マンディが私の娘だからいやなの？かわいそうなマンディ。そんなこととも知らずに。

「私、ご飯が済んだらお散歩に行くの」マンディはジェームズに言った。「一緒に行く？」

「マンディ、ミスター・ハーヴェイは忙しくて、あなたとお散歩なんかしている暇はないのよ」タラは急いで口をはさんだが、マンディはひるまなかった。

「どうして？」問いかけるような目でマンディはタラを見た。「おじさんは女の子が嫌いなの？」

「小さいのにたいしたものだわ」スーザンがそっとタラにささやいた。「ジェームズを見てごらんなさい。この勝負、マンディの勝ちね」

ジェームズを救ったのはピアースの突然の泣き声だった。ジェームズはピアースを抱きあげた。スーザンが床に散らばったおもちゃを拾う。それを見て、タラは突き刺さるような胸の痛みを覚えた。自分自身の子供を無視して、彼はスーザンの子供のために愛情を注ぎ、時間を使っている。ばかばかしいと思いつつも、タラは席を立たずにはいられなかった。

ジェームズが出かけるらしいことがありがたかった。スーザンに言い訳を言って先に帰るのがそれだけ簡単になる。子供たちが散歩に行っている間に荷造りをしてしまおう。

「庭は安全だから、子供たちのことは心配ないわ」

スーザンが請け合ってくれた。

部屋の窓からは美しい庭と、睡蓮《すいれん》の咲いている池を見おろせた。三十分ほどしてスーザンの手が空いたころに帰りたいという話を持ち出そう。子供たちの衣類を荷造りしていたタラは、ふと思いついて窓辺に近づいた。一面に広がる田園のすがすがしさは、ロンドンに住んで以来、久しくタラが忘れていたものだった。夢がかなって自分のスタジオが持てたら田舎に住もう。小さな地方都市に住んだら、サイモンのために犬を飼ってあげることもできる。犬！

ミスティが、投げられた棒を追って猛ダッシュで池に飛び込むのを見て、タラの心臓は突然どきどきと高鳴りはじめた。犬かきをして、金色の尻尾《しっぽ》で静かな水面をかき回している。タラは突然、恐怖に襲われた。直感が働いて血が凍りつき、彼女は窓に張りついた。見慣れたオーバーオールを着たマンディが、犬を追って池の中に入っていくのが見えた。あまりの恐ろしさに吐き気が込みあげる。窓を開けて大声で叫んだが、マンディの耳には届かないらしい。

パニックに駆られて、タラは部屋を飛び出した。犬は水の中を歩いているのではなく、泳いでいるのだ。そしてマンディの背は犬と同じくらいなのだ。

庭を横切り、ドラムのように胸を鳴らして池に向かう短い間、悪い予感ばかりがタラの脳裏を駆け抜けた。何度も同じ言葉が口をついて出る。「神様、お願いだからマンディをお守りください。お願いです！」

血相を変えて家の中を走り抜けるタラに驚いて、スーザンとアレックが追ってきた。だが池まで来ると、青色のオーバーオールも、マンディの黒みがかった頭もどこにも見えない。心臓をわしづかみにされた気がした。血がさあっと凍っていく。

「ママ、ここだよ！」サイモンの甲高い声に、タラは反射的に応じた。

ちょうど死角になっている茂みの向こうから声はしていた。足や腕に傷がつくのも忘れて木々をかき分けると、茂みの後ろにサイモンが立っていた。その横にびっしょり濡《ぬ》れて座っているのはミスティで、少し離れたところにやはりびしょ濡れのマンディが小さな人形のように横たわっていた。背の高い男がその上に身をかがめている。彼のジーンズはぴったりと太腿に張りついている。

「マンディ！」

タラがはじかれたように叫ぶのと、スーザンとアレックが追いつくのが同時だった。スーザンが心配そうにタラの肩に手を回す。

「ジェームズ？」アレックの声には性急な響きがあった。

「大丈夫だ」ジェームズは振り向かずに言った。

「ショックを受けているだけだ。水が深いなんて思わずに入ったんだろう。ミスティを追いかけて」

タラは身を震わせ、スーザンの手を振り切ってマンディの横に膝をついた。「窓から見えたの。何が起こるか、すぐにわかったわ。でもそこからではどうしようもなくて……」

「マンディはミスティに棒を取ってあげようとしたの」サイモンが口をはさむ。「水に浮いてたから」

水は危険だと、あんなに何度も注意していたのに、と思ったが、今になって子供たちを責めても仕方がない。私が悪いんだわ。もしマンディがどうかなっていたら……。タラは改めて身を震わせた。自分のことにかまけていたからだ。ジェームズと顔を合わせたくないと、そのことばかり考えていたから……。

その時マンディが目を開けた。

「マンディ！」タラの目に涙がわきあがる。自制心がもう少しで切れそうだった。「二階に運ぶわ」そう言いかけたが、それより先にジェームズがマンディを抱きあげた。その瞳はいつになく優しく見えたが、彼はすぐに目を伏せ、男性にしては珍しいほど長いまつげで、その瞳の表情は隠されてしまった。

「いいえ、私が……」

タラの声をさえぎったのはマンディだった。「ママ、私、ジェームズに連れていってほしい」

彼はマンディを部屋まで運び、ベッドにそっと寝かせた。

「念のためにルイス先生を呼ぶわ」スーザンが言った。

青いオーバーオールはずぶ濡れの上に、泥だらけだった。タラは服を脱がせ、風呂の用意をした。心配そうなサイモンがあとから入ってきて、マンディのベッドの横に座り青ざめた顔をのぞいている。

出ていこうとしたジェームズを、マンディがまたもや引き止めた。


「ジェームズにお風呂に入れてもらいたい」その頬が異常に紅潮していることに気づいて、タラは心配になった。

「ジェームズはお出かけなの。それに、まだ助けてもらったお礼も言っていないんでしょう？　ジェームズ、どうしてあんなに早く駆けつけられたの？　私は部屋の窓から見ていたんだけど」

「僕も同じだ」険しい表情でジェームズが言った。「だが裏階段を下りたんで、君より早かった。いいよ」一緒にいてほしいともう一度マンディが頼むと、彼はマンディに言った。「出かけるのは中止になった。おいで、お嬢さん」彼がマンディを抱きあげる様子を見ていると、前日彼が娘に見せた嫌悪感は、自分の想像にすぎなかったように思えてくる。

ルイス医師はマンディを診察して、水を少し飲んだこととショックを受けたこと以外は何も心配がないと言ってくれた。「子供はびっくりするほど回復力があるものです」医師は同情するように、青ざめているタラに言った。「簡単に調子を崩すけれど、大人が思うほどもろくはないんですよ。いろいろ心配させられて、白髪が増えますが」彼は笑って、その言葉をジェームズに向かってつけ加えた。

タラはぎくりとした。思わず目を見開いて、少し顔をしかめているジェームズを見つめる。いつ医師がジェームズとサイモンを見比べて、そっくりですね、と言うかと思うと気が気ではなかった。ジェームズ自身がそのことに気がつかないのが不思議に思えるほど、二人は似ている。だが幸い医師はそのことには触れなかった。スーザンが医師を送りに出ていくと、サイモンが眉をひそめて言った。「どうしてお医者さんはジェームズを僕らのパパだと思ったんだろう？　僕らにはパパがいないのを知らないのかな？」

「きっとそうなのよ」タラは身をかがめると、愛情を込めて息子の髪をくしゃくしゃにした。ジェームズを見ることはできなかった。

「僕らにもパパがいたらいいのに」サイモンはため息をつく。「そうしたら一緒に田舎に住んで、犬を飼ったりできるのに」

「チャス・サンダーズはそんな父親にはなりそうもないが」ジェームズは出ていきがけに、タラの耳元でわざと楽しげな調子でささやいた。

彼の息が耳にかかり、タラは身を震わせた。マンディが無事だとわかったので、今になって動揺が一気に押し寄せてきたのか、足ががくがくして立っていられない。興奮の反動で今度は疲れが襲いかかり、思わず身震いする。早く自分のベッドに横になりたかった。

昼食のテーブルには沈んだ雰囲気が漂っていた。少なくともスーにまた誘われる心配だけはないわ、と思いながら、タラはミセス・バーンズが用意してくれたシーフードサラダをつついていた。どんなにおいしくても、今はとても食べられそうにない。

「何事もなくて、本当によかったわ」スーザンがみんなの気持ちを代弁するように言った。「アレック、すぐにも池を埋める手配をしてちょうだい」

「子供を持つと、本当にうかうかしてはいられないね」アレックはそう言ってサイモンにほほえんだ。

「子供も犬も、どっちもかわいいが、厄介だ」

タラはサイモンの気持ちを思いやって、いつもどおりに振る舞おうと努めていた。

食事が終わると、タラはまだ二階で眠っているマンディの様子を見に行った。戻ってくると、意外なことに書斎からサイモンの子供っぽい甲高い声が聞こえてくる。時おり混じるのはジェームズの低くて落ち着いた声だ。

「ジェームズにチェスを教えてもらっているんだ」

ドアから顔をのぞかせたタラに、サイモンは得意げに言った。

「とても覚えが早いよ」サイモンに笑いかけたジェームズの顔は、一瞬タラを過去に引き戻し、昔のジェームズを見ているような気持ちにさせた。だがタラの方に向き直った時、その笑みは消えていた。

「僕のパパもチェスが好きだった?」サイモンが興味津々で尋ねる。

タラは答えに窮してチェスの駒《こま》を持つジェームズの手から視線をそらし、小さな声でささやくように答えた。「ええ」神様……。つらい思いをさんざんしてきたつもりだったが、どんなつらさも、今のこの苦しみに比べたらまだましだった。私はどうしてしまったのだろう。魔法使いが杖《つえ》を振ったら、すべてがばら色になると信じるほど愚かではないはずなのに、何を望んでいるの? 答えるのはためらわれる質問だった。そしてその問いは、午後中ずっとタラの頭から離れなかった。

夜になり、やっとベッドに入ったタラは、心からほっとしていた。明日の朝にはロンドンに帰れる。恐れていた週末を乗り越えられたんだわ。マンディの事故は別としても、あまりにも過去の亡霊を見すぎ、古い傷をえぐられた二日間だった。ぞっとするほどの鮮やかさで、芝生に横たわっていたマンディの姿が脳裏によみがえる。あの時、私に近づいてきて腕を取ったジェームズの手は、なぜかとても安心感を与えてくれた。その時タラの体は心を裏切って、本能的に彼の男らしい感触に反応したように思えた。

6

朝方、タラはマンディのか細く高い声で眠りから覚め、考えるまもなくあわてて双子の部屋に急いだ。

部屋のドアは開いていたが、タラがそれに気づいたのは、中に入り、ベッドにかがみ込んでいる背の高い男性を見たあとだった。

「ママ！」タラは無言で大切な娘をジェームズの手から受け取り、赤ちゃんをあやすようにそっと揺すった。マンディの声で目覚めたサイモンも、身を起こして眠そうに両目をこすっている。

マンディを寝かしつけるまでにたっぷり三十分かかった。タラがマンディをなだめようと話しかけている間に、ジェームズは音をたてずに出ていった。

「暗くて寒かったの」マンディは震えながら言った。「もう出てこられないかと思った」

双子がまた寝入ったのを確かめて部屋の電気を消し、タラは自分の部屋に戻った。しかし眠れなかった。温かいお湯につかればリラックスできるかと思ったが、風呂から上がり、汗の光る体をシルクのネグリジェに包んでも、眠気は訪れない。どうやら神経がまだ緊張しているせいらしい。その時ノックの音がした。開けてみると大きなカップを手にしたジェームズがいた。

「温かい飲み物を持ってきた。君が動いている気配がしたから寝つけないのかと思って。あの子たちを一人で育てるのは、さぞ大変だろうね」その言葉はタラが常に否定し続けてきた、心の奥底に巣くったつらい思いを刺激した。彼女は震える指でカップを受け取り、そっけなく礼を言う。「あの……」ジェームズは苦い顔で、怒ったように髪を指ですいた。

「タラ、お互いもう大人なんだ。大人同士、せめて相手をまともな人間として扱う努力はできないかい？」

思ってもいなかった言葉にタラは動揺し、表情を見られまいと、体の向きを変えた。その拍子によろけてネグリジェとそろいのナイトガウンの裾《すそ》を踏み、倒れそうになった。反射的にタラを支えたジェームズは、からかうような瞳を小刻みに揺れるタラの胸元に向けた。

「思い出すよ。覚えているかい？」感覚を失った手からカップが取りあげられる。タラは身震いして彼の視線から逃れた。

「あなたは変わっていないかもしれないけれど」タラは乱れる呼吸を整えようと努めた。「私は昔の私とは違うわ」

「どういう意味？」

その口調にはどこか不吉な響きを感じたが、タラはあえて気に留めまいとした。本能が、この一対一の会話をすぐにやめるようにと警告していた。

「どういう意味って……私に近づいてほしくないってことよ。触らないで」低く言ってタラは彼から離れようとした。

荒々しく腕が取られ、濃い青い瞳が黒みと冷たさを帯びる。それはまさに鋼鉄だった。

「その言葉が本当かどうか、試してみようか」ジェームズがささやいた。

恐怖で喉が詰まりそうだった。マンディの叫び声を聞いた時とは違う種類の恐怖だが、体が麻痺《まひ》したようになる点は共通している。後ろに下がろうとした拍子にガウンの前が大きく開き、胸元がジェームズの残酷で嘲笑《ちょうしょう》するような視線にさらされた。冷淡な青い瞳が、上下する胸のふくらみを傲然《ごうぜん》と見つめている。胸元を縁取るレースはその部分を隠すどころか、かえって射るような視線を引きつける効果をもたらしていた。

はっとしてガウンの襟をかき合わせたタラの手首を、ジェームズが荒々しく下に引きずりおろした。

「上品ぶらなくてもいいさ。僕らの間にそんな遠慮は必要ない。そうだろう？」

タラの細い、きゃしゃな体に震えが走った。

それまでは視線で侵略されていた部分に、今度は手が入り込んだ。海を思わせる淡い緑色のガウンが押し開かれ、タラの体の曲線があらわになった。

「シルクか」感心したように言うと、ジェームズは布地ごしに親指でタラのふくらみをそっとなぞった。

「女性が高価なナイトドレスを着る理由は二つある。一つは好きな男性がくれたものだから。もう一つは恋人を魅了したいから。君の場合はどっちかな？」

「どっちでもないわ」激しい調子でタラは言い返す。

「これはチャスのクライアントがくれたものだし、私には――」ナイトドレス姿を見せたい恋人なんかいない、と言いかけてタラはあわてて言葉を切った。ジェームズと別れて以来、恋人がいたことは一度もない。

「なんだい？」ジェームズはばかにした口調で言う。「もしかして、複数の恋人を喜ばせるためにそうやって身を飾っているの？　君ほど経験豊かな女性がそんな間違いをするなんてね。男は女の着ているものなんか目に入らない。わくわくするのは服を脱がせる時だと、誰も君に教えてくれなかった？」

「あなたの経験ではそうでしょうけど」近くにいるために自然と彼に反応しそうになるのを隠そうと体に力を入れて、タラはやり返した。「あなたには、そういう刺激が必要なんだろうけれど……」

「君、それを期待しているの？」

タラは必死の努力で意志をかき集め、追いつめられた震える声で言った。「ジェームズ、もうやめて。私、疲れているの。出ていってくれない？　さもないと……」

「大声をあげる？　いや、そうは思わないな」

ジェームズが体をかがめたので、彼の息がかかり、タラの額のカールがそよいだ。タラはその場に凍りついた。喉が締めつけられるように痛い。

「どうだい、タラ？」

タラはどぎまぎして彼を見あげた。まだこれが現実の出来事だとは信じられない。ジェームズは、何事もなかったタラの日常を脅かし、これまで懸命に抑えつけてきた、暗く渦を巻く潮流を再び表面に押しあげる、危険因子だった。

「だめよ、ジェームズ」しわがれたうめき声を聞いても彼はただ顔をゆがめただけだ。青い瞳が食い入るようにタラの目を射る。彼は手をタラの肩にかけ、長身の体を折り曲げると、タラの柔らかな震える唇にキスをしてきた。頭は拒めと命じているのに、タラは抵抗することもできずに彼にぐったりと身をゆだねてしまった。

「たいした演技だ」ジェームズはキスをしながらつぶやく。「何も知らなかったら、僕でさえあの時のままの無垢《むく》な少女だと思いかねない。僕が――」

「堕落させた？」吐きすてるように言って振りほどこうとしたが肩を強くつかまれて、タラは苦痛の表情を見せた。ジェームズは暗く残酷な微笑を浮かべ、ナイトガウンのストラップに手を伸ばしてくる。

「清純を装うのはとても効果的だが、時間の無駄だ。僕には君という人間がわかっている。記憶力には自信があるんだ。双子の父親と結婚したのはいつだ？二人は六歳だとスーに聞いたよ。君の貞節の証《あかし》にはならないね。僕に永遠の愛を誓ってから半年もたたないうちに、君は結婚した」

「私、一度もあなたを愛したりなんかしなかったわ」タラは激しくやり返した。何を言っても無駄なことは道理ではわかっていたがそれでも、彼の言葉で受けたのと同じくらいの傷を彼にも与えたかった。「あの時の私は、ばかな子供だった」

「その子供は僕の腕の中で女になった」ジェームズは鬱積《うっせき》した思いをぶつけるように言う。あごの筋肉に力が入るのがわかった。彼が激しさを押し殺して続けた言葉に、タラはショックを受けた。「初めてではないと、相手の男に言ったのか？　その理由も？　それとも彼は気にもしなかった？」

「なぜそんなこと？」恐怖に代わって熱い怒りがわいてきた。「人間として愛されたらいけない？　もっともあなたにはそんな経験はないのでしょうけれど」彼女は静かにつけ加えた。「あなたにそんな感情を持てと言っても無理ね」

彼の瞳の表情におびえて、タラは思わず一歩下がったが、それは大きな過ちだった。すぐ後ろはベッドだったからだ。獰猛《どうもう》なおおかみを思わせるジェームズの微笑に、タラの体を新たな戦慄《せんりつ》が走り抜けた。

「僕にどんな感情があるか、君によくわからせてあげよう」低くうめくと彼はタラの腰を捕らえ、その手をゆっくりと上に移動して両方の胸を包み込んだ。

息をすることさえできなかった。鳥籠《とりかご》に閉じ込められた小鳥のように、心臓が肋骨《ろっこつ》にぶつかるほどの勢いで動いているのがわかる。薄い絹を通して、彼の手が肌に焼きつく。情けないことに胸の先端が隆起してくるのが感じられた。ジェームズにもそれはわかるはずだ。手が胸から離れた。タラはスローモーションで映画を見るように、その手が薄いシルクの襟元にかかり、布地を一気に下まで引き裂くのを見ていた。真珠のような輝きを帯びた体が彼の目にさらされる。

「ジェームズ」かすれた抗議の声を無視して、彼の手はタラの肩から背に下りる。燃えるように熱い、固く締まった太腿が押しつけられた。

唇が捕らえられ、息ができなくなる。これは私が愛した人ではないわ――腫《は》れた唇をこじ開けられ、胸をつかまれながら、タラは呆然《ぼうぜん》として思っていた。喉の奥でうめき声をもらし、ベッドとジェームズの間にはさまれたままなんとか逃れようと虚《むな》しい努力をしたが、その動きに乗じて彼はますますぴったりと体を密着させた。やっとのことで傷ついた唇を放してくれたものの、ジェームズはタラの体を自由にしようとはしなかった。

「どうした、タラ？ 僕に無関心でいたつもりなのに、そうではいられないのが怖い？」

タラは苦々しい笑い声をあげた。「何をされたって私が感じないのを認めたくないほど、あなたは虚栄心が強かった？」

「そうかな？」間違いに気づいた時にはもう遅かった。痛いほどの力でタラをつかんでいた手がゆるむ。「本当にそうかどうか、試してみようか？」

体を震えが走り抜けた。だがタラは、ジェームズの手がゆっくりと動き、自分を抱きしめても、ぞくぞくする感覚が襲ってきても無視しようと努めた。

唇を固く閉ざし顔をそむけたが、彼はタラの唇ではなく敏感な首筋に唇を寄せてきた。その唇はどきどきと脈打ちはじめた喉元から肩へと移動し、タラはそのままベッドに倒されそうになる。二人分の重みを受けてベッドの端がしなった。もみ合っているうちにジェームズの着ているガウンはすっかりはだけ、たくましい胸にタラの裸の胸が重なり合う。忘れていたはずの、二度とそれに負けまいと誓ったはずの快感が、怒濤《どとう》のように押し寄せてきた。

「逃がさないぞ」タラが頭をのけぞらせて体をこわばらせると、ジェームズはタラの髪を指に巻きつけて動けないようにし、唇を押しつけてきた。

こんなふうに感じることができるなんて忘れていた。ぼんやりした頭でタラは考えていた。欲望がこんなに力強く何もかも圧倒するものだったなんて。道理も自尊心もどこかに追いやられ、性急で熱い、竜巻のような欲求に全身が吸い込まれ、乗っ取られていく。ジェームズはベッドに倒れ込むようにタラにのしかかってきた。その頬がかすかに赤らんでいる。彼が怒り、同時に自分をあからさまに求めていること、その気持ちを隠そうとしていないことが、タラにはショックだった。若く何も知らなかったタラを抱いた時の態度とは全く違っている。タラに固く締まった太腿の感触を無理やり感じさせ、瞳に宿る怒りを見せつけることを、彼は楽しんでいるように見える。手が胸に伸びて桃色の先端を親指がなぞる。そんな彼に体が反応してしまうことがおぞましくて、タラはあえぎを押し殺した。

「タラ、君は僕を欲しがっている」くぐもった声で彼は言った。「そして僕は、君が欲しい」

ジェームズの唇がじらすように胸の先端をかすめると、全身に震えが走る。欲望のさざ波が絶えまなくタラに襲いかかり、体の奥で次第に大きな潮流になっていく。何年間もの空白が消え去り、タラは十七歳の恋する少女のころに戻っていた。いつのまにかジェームズの首に腕を巻きつけ、ふさふさとした髪に顔をうずめて、身を震わせながら飢えたように彼にキスをしていた。彼の手が乱暴に体をなでるたびに歓喜にむせび、支配されることに嬉々《きき》として、隠された宝を自らさし出さずにはいられない。タラはもう熱い執拗《しつよう》なキスを避けようとはせず、彼のガウンに手を入れてなめらかな彼の胸元の肌を探り、次に自らひもに手をかけてほどこうとした。

だがそんなタラの動きを制したのはジェームズだった。彼は軽蔑《けいべつ》を含んだ勝ち誇った微笑を浮かべると、タラをじっと見つめた。「君をその気にさせられない男なんかいない」その言葉で、タラの青ざめた肌に血の色がともった。

私はどうかしていたわ——自分でも今起こったことが信じられない。

「心配はいらない。僕が奇跡的なことをなし遂げたとは思っていないさ。それなりの経験を積んだ男なら誰でも同じ反応を君から引き出せる」彼はそう言うと嫌悪に顔をゆがめてタラを放した。「これで僕の言っていることが正しいと証明されたわけだ——だが、道徳観念のかけらもない君みたいな女の欲求を満たしてやるつもりはない。チャス・サンダーズとその好き者の愛人たちの話は、僕も新聞でよく目にする」

根拠のない言いがかりを否定することもできたが、喉の裏側に吐き気がへばりつき、重い疲れが全身にのしかかった。彼がどう思っても構わない——苦い気持ちでタラは考えた。チャスの女の一人だと思いたいのなら、思えばいい。どう誤解されたって気にもならない。だが本当は気にしていることを、彼がいなくなって三十分後、みじめな気持ちに耐え、涙も出ないまま、タラは認めなければならなかった。不公平だわ。なぜ私の体はこんなに簡単に私を裏切るのだろう。どうしてあっさりと過去の屈辱を忘れたりできるの？　つきまとって離れない鈍い痛みを性的な欲望の名残として片づけたかったが、タラの理性はそれが間違っていることを告げていた。ジェームズに対するさっきの反応は、体だけが勝手に動いて生まれたものではない。玄関ホールの大時計のちくたくいう音を聞きながら、タラは改めて真実を認めないわけにはいかなかった。そのことでどんなに自分を軽蔑し、嫌悪しても、まだジェームズに対する未練は断ち切れていないのだ。その思いが論理や知性に反するものであっても。もしも性的な欲求不満が原因なら、この七年間少しも欲求を感じなかったのはおかしいもの——チャスにも、ほかのどの男性に対しても。

重いまぶたと消耗しきった体で、タラは朝食の席につき、普段どおりにスーザンと話をしようと努力していた。スーザンは、もう一度月末にぜひ、と誘ってくれたが、タラは仕事を理由に断った。マンディはすっかり元気になったようだが、タラは念のために二日間ほど学校を休ませるつもりだった。ジェームズに甘えているマンディを見て、タラは思いがけない嫉妬《しっと》を覚え、そんな自分にびっくりした。娘に嫉妬？　そんなはずないわ。ジェームズはマンディの相手になってあげているが、どこかためらいがあるように見える。双子が朝食を食べている間に、タラは小声でスーザンにタクシー会社の電話番号を尋ねた。

「タクシー？　どうして？　ジェームズがロンドンまで乗せてってくれるはずよ」

「そんなことまでさせられないわ」テーブルごしにタラとジェームズの視線が合った。

「どうせロンドンに戻るんだから、ついでだよ」ジェームズの言葉に、タラは思わずこぶしを握りしめた。これ幸いと喜んで辞退してくれると思ったのに。彼はまだ私を苦しめたいのだろうか。

「ジェームズと帰りたくないの？」食事が終わり、二階で帰り支度をしていると、サイモンが尋ねてきた。鋭い観察力と、大人の気持ちを読み取る繊細な神経を持っていることがこの子にとっていいことなのだろうか。タラは少し不安だった。

「あら、もちろんロールスロイスで帰りたいわ」タラは明るく言ってごまかした。

今度はタラが後部座席にさっさと座っても、ジェームズは何も言わなかった。タラは自分でそうしておきながら、どこかがっかりした。

ロンドンに近づくと、どこに住んでいるのか、とか、何をしているのかとか、マンディはジェームズに質問を浴びせはじめた。辛抱強くそれに答えてはいるものの、バックミラーに映る彼の唇はむっとしたように結ばれている。その唇にキスをしたことを思い出して、タラは体が熱くなるのを感じた——本当にあれから二十四時間もたっていないのだろうか。

見慣れたロンドン郊外の光景が見えてきた。双子は興奮してそれを指さしている。ジェームズは道を覚えていて、車をタラの家の前につけた。

彼は黙ってドアを開け、マンディを抱きあげて降ろしてくれた。その時彼の背広の袖口《そでぐち》が、むき出しのタラの腕をかすめ、タラの体を快感が走り抜けた。

もちろん家に招き入れるつもりはなかったが、先に地面に降ろされたマンディは、意外なことに彼の袖を引き、上を向いて、彼にキスを求めた。

ジェームズがマンディにキスをするのを見て、タラの横にいたサイモンは待ちかねるようにもじもじした。だがジェームズの手が伸びてタラの腕を取り、車から降ろすと、ばかにしたように言った。「女なんてやだな」

「ねえ、ママにはキスしないの？」みんなが車を降りるとマンディが言い、赤くなったタラとむっとしたような顔のジェームズを無邪気に見た。

「わーい、赤くなった」今度はサイモンがタラをからかう。「ママが赤くなったよ、マンディ」

「やめなさい。大人は簡単にキスなんかしないものなの。二人ともわかっているでしょ」

「チャスおじさんはママにキスしたのに」マンディが暴露した。「一度お水を飲みに下りた時に、おじさんがママにキスしているのを見たもの」

ジェームズの視線を受けて、タラは屈辱で内心身《み》悶《もだ》えする思いだった。そのことはよく覚えている。ある夜、仕事の打ち合わせをしたいと突然訪ねてきたチャスが、長椅子に隣り合って座っていたタラにキスをしてきた。すぐに押しのけたが、あれをマンディに見られていたなんて。

「僕には関係のないことだが、言わせてもらえば」ジェームズが低い声で言った。「自分だけの楽しみにふける前に子供たちのことを考えるべきだ。大きくなって君を軽蔑するようになってもいいのか？　僕は父親ではないが……」

タラはヒステリックな笑い声をあげ、不自然なうわずった声で言った。「そのとおりよ。あなたはこの子たちの父親でも、私の保護者でもないわ！」彼が次の言葉を言うのを待たずに、タラは子供たちをせきたてて庭に入った。小声で交わした会話は子供たちの耳に届かなかったはずだが、二人の間の妙な雰囲気には気づいたに違いない。父親ではない、ですって？　彼が本当のことを知っていたら……。去っていく車を見送りながら、いまいましい思いをタラは押し殺した。私を堕落させた張本人なのに、あんな説教めいたことを言って……。しかも私は彼の奥さんにさんざんひどいことを言われたのよ。ばかにされ、ののしられて、どんなにみじめな気持ちで泣いたことか。プライドはずたずたにされ、夢はすべて破られてしまった。一番許せないのは、彼がそれを知っていたこと。あえてヒラリーにあと始末を任せ、私にあんなことを言わせるのを許したことだ。短い情事はもう終わったのだと自分では言えないものだから、ヒラリーに汚い仕事を押しつけ、外国で仕事があることを口実に彼女の陰に隠れ、タラの織りなした色鮮やかな夢をヒラリーの手で八つ裂きにさせた。哀れで盲目的なタラの恋を二人が笑いぐさにしていた――あの時のヒラリーの毒のある言葉を思い出すと今でも身をよじりたいほどつらい気持ちになる。ジェームズが二人の秘密の出来事を妻に話し、しかも私が未経験で何も知らなかったことを、あざ笑っていたなんて。〝彼の言ったことを本気にしたの？　ばかな子ね〟ヒラリーは鼻で笑った。〝ジェームズは男よ。男というものは、さし出されたものはなんでも受け取るの。それもあなたみたいに喜んで体をさし出せば、拒むはずがないわ。でもあなたは彼にとってそれだけの存在。彼が欲しかったのはあなたの体だけよ。あなただって気がついていたでしょう？〟

タラは結局、子供ができたことを彼に相談することもできずに帰ってきた。愛されていると思ったのに、単なるその場限りの遊びだったなんて……。タラのプライドは深く傷ついた。たとえジェームズがアメリカに行かず近くにいたとしても、絶対に本当のことは話すまい。その時タラはそう決心した。

7

なぜかはわからないが、いつもの生活に戻るのは容易ではなかった。チャスは思ったとおり機嫌が悪く、出勤したその朝からタラに当たり散らした。だが彼のそんな態度には慣れているし、ジェームズといるよりもチャスといるほうがずっと気が楽だった。相手になんの感情も抱いていないからかもしれない。

双子もタラをいらいらさせた。サイモンは楽しかった週末の話ばかりしているし、マンディに至ってはジェームズのことばかりを話題にする。

戻って十日ほどたったある夜、状況は最悪になった。その日、チャスは一日中不機嫌だった。怒るかと思えばむっとして黙り込み、そうかと思うと意地悪にセクハラまがいのことまでする。タラの忍耐の限度はぎりぎりのところまできていた。

やっと一日を終えて家に戻ると、サイモンはいつになく静かで沈んでいて、食事もろくにしない。タラはいらだちを抑え、彼に当たるまいとした。

「サイモン、何かあったの？」マンディが食事を終えてお気に入りのテレビ番組を見に行ってしまうとタラは息子に尋ねた。

「なんにも」かたくなにそう言うと、サイモンは目をそらし、下唇を突き出した。その様子を見てタラはますます心配になった。

「いいから、話してごらんなさい。デイヴィとけんかでもしたの？」

デイヴィというのはサイモンの親友だ。天使のような顔をしているがなかなかのやんちゃ者で、時おりとんでもないいたずらを思いつく。

「ううん」自信がなさそうな声だ。「だったら、な

「ねえ、なんでうちにはパパがいないの?」

思いがけない質問に、タラは返事に詰まった。父親は死んだと子供たちには言ってある。ごくたまに父親について尋ねられる質問には必ず答えるようにしてきたし、だからこそ別に問題はないと、これまでタラは信じていた。だが、どうやらそれは甘かったらしい。

「サイモン、知っているでしょ。パパはあなたたちが生まれる前に事故で亡くなったって」できるだけ穏やかに彼女は言った。

「だから僕たちには生まれた時からパパはいないの?」サイモンはしつこく尋ねる。

タラはすっかり暗記している架空の話をまた丁寧に繰り返した。ロンドンに出てきた時、そういうことにしようと自分で作りあげた話だ。話し終えるとサイモンが言った。

「お父さんのいない子は婚外子なんだって、デイヴィッドが僕に言うんだ」

サイモンにはその言葉の意味はわかっていないようだが、侮辱され、みんなに仲間外れにされたことだけは感じたらしい。

どうしていいのか、すぐにはわからなかった。子供たちに出生の秘密を隠していることが気がかりで、これまで何度も眠れない夜を過ごしてきた。特に子供たちが成長してからは、きっと父親に関していろいろ知りたがるだろうと気になっていたが、ジェームズに捨てられたことを知ってつらい思いをするよりは嘘《うそ》をつくほうがいいだろうと自分に言い聞かせてきた。そして週末の出来事はタラのその決心をより強いものにした。彼は子供たちに冷たい態度をとり、タラを傷つけた。そもそも彼は自分が父親だと知らないのだから、気にするなんてばかげている。でもたとえ知っていたとしても、きっと何も変わらなあに?」

なかった。単に子供たちに無関心なだけではなく、彼の態度には刺《とげ》があった。私の子供だから、嫌悪したのだわ。

なるべく平静を装って、タラはサイモンに、デイヴィは間違っているわ、とだけ言った。

「でも、どうしてうちにはパパの写真が一枚もないの？」いつのまにか戻ってきていたマンディが、父親にそっくりな瞳でとがめるようにタラを見た。

突然の恋に落ちて結婚し、ハネムーンのすぐあと、外国に出張に行った夫は事故で死んだ、というのが、タラが考え出した話だった。「そんな時間もなかったの」動揺しながらも、彼女は急いで言った。父方の親戚《しんせき》がいないのを弁明するために父親は孤児だった、ということにしている。だが作り話を子供たちに話して聞かせる時にはいつも心がとがめ、実の父親の存在を隠すと決めたことが正しかったのかどうか、タラは何度も自問自答してきた。

「パパがいたらなあ」マンディはしつこく続け、タラの息が止まりそうな言葉を無邪気につけ加えた。「ジェームズおじさんみたいな人がいいな」

校門に近づいたタラはスーザンが双子に話しかけているのを見て重い気持ちになった。スーザンのことは好きだが、今日はとてもおしゃべりをする気にはなれない。チャスの機嫌は日に日に悪くなる一方で、今日も〝ああ、やっと金曜日が来たわ！〟と心の中でつぶやかずにはいられない気分だったのだ。

スーザンはタラを見てほほえんだが、げっそりしたタラに気づいて顔を曇らせた。

「まあ、タラ。大丈夫？」

「ええ」タラは嘘をついた。「ちょっと疲れているだけ。さ、帰るわよ」スーザンが察してくれることを内心で願いながら、タラは子供たちを促した。

「今までジェームズおじさんとお話ししていたの」

マンディがうれしそうに言った。驚いた顔になったタラには気がつかないらしい。「大きな車で来た」「彼、マンディにほめちぎられてたわ」スーザンがくっくっと笑う。「マンディにとって、彼はお父さん候補のナンバーワンみたいね」

恐怖と苦痛で喉が詰まったが、タラはなんとかこわばった微笑を作った。

「来月二週間ピアースを休ませたいって先生にお願いするために少し早く来たの。母に会いにアメリカに行くのよ」スーザンは顔をしかめる。「一種の義務で行くんだけど。ジェームズは、今日ここまで乗せてきてくれたの。もうすぐまた迎えに来るはずよ。ほら、来た」彼女はにっこりした。

振り返ったタラは近づいてくるジェームズを見て凍りついた。紺にワイン色の縞《しま》が入ったビジネススーツ姿の彼は、鮮やかな色の普段着を着た子供たちやお母さんたちの中では異質で、ひときわ目立っていた。マンディは止めるまもなくつないでいたタラの手を振りほどいて彼に走り寄った。驚いたことに、ジェームズはそんなマンディを高く宙に持ちあげ、あやすように揺さぶった。タラははっとして、サイモンの方を見つめた。自分の横で不自然にじっと固まり、ジェームズとマンディをうらやましそうに見ているサイモンに気がついて、タラは心が沈むのを覚えた。ジェームズもサイモンの様子に気づいたのか、マンディを下に下ろした。タラを無視してサイモンの前にしゃがみ込み、視線を彼と同じ高さに合わせると、動物園に行かないか、と誘った。

サイモンが顔を輝かせるのを見て、タラは苦い思いをかみ殺した。ジェームズが子供たちの心をこんなにあっけなく捕らえるのが憎らしい。

「私がいけないの」タラの気持ちを読んだようにスーザンが言った。「アレックと私はニューヨークに行くための買い物をしないといけなくて——母を知っているでしょう？　私の着てる服が最新のファッションじゃなかったら、勘当ものだわ。で、ジェームズが明日の午後、子守り役を買って出てくれたの。ピアースはペンギンが大好きだから、動物園に行こうという話になって」

子供たちに話す前に私に断ってほしかったわ、とジェームズに抗議したかったが、もう遅かった。今さらだめだとは言えない。

「ジェームズは、自分だけでは手に負えないと思って援軍を求めてるのよ」スーザンはまた笑った。

一瞬理解できなかったが、やっとタラにもスーザンの言葉の意味がわかった。私もその中に入っているんだわ。怒りと同時に自分では受け入れがたい別の感情がわいてきて、タラは冷たく言い放っていた。

「悪いけど、明日は用事があるの」

「そうか。それなら仕方がない。僕らだけで行こう」ジェームズはさらりと言って立ちあがり、タラを見おろした。タラは頭をのけぞらして長身の彼に視線を合わせる。「明日、何時に迎えに行こうか？午後遊んで、夕食を食べさせたいと思っているんだけど」

コバルト色の瞳に心を奪われ、タラは時間を口にするのが精いっぱいだった。こんなにきれいな瞳の男性はほかにはいないわ。何もかも見通すような、心を見抜くような瞳。

急に雲間から太陽がさし、めまいを覚えてよろけたタラを、ジェームズが支えた。アフターシェーブの香りが鼻孔をつく。上着がむき出しの腕をこすると、驚くほど敏感にタラの体は反応した。

スーザンの突然の笑いがタラを現実に引き戻した。「サイモンを見て」彼は道の向こう側にいるかわいい金髪の女の子をじっと見ている。「子供って、本当に大人を真似《まね》するのが好きね。今のサイモン、ジェームズにそっくり。週末一緒にいる間、彼のことを観察していたんだわ」

氷のような震えが走り、タラは怖くなった。ジェームズを見ることができない。サイモンを見るまでもなく、彼が父親にそっくりなのは承知している。

どんな対応をしたか覚えていないが、スーザンもジェームズも平気な顔をしていたから、それなりにかわせたのだろう。タラは子供たちをミニに乗り込ませた。興奮したようにしゃべっているサイモンを見ながらドアをロックした時、妙な予感がして、タラは後ろを振り向いた。じっと自分を見ているジェームズと目が合って、タラは震えながら視線を伏せた。不安を彼に悟られてはならなかった。

ジェームズの表情に脅迫めいたものがあった気がしたけれど、そんなはずはない。私は少し変なんだわ。何も理由がないのに。私が彼に脅かされるなんて、立場が逆だもの。

翌日、子供たちの興奮は朝からピークに達していて、ジェームズが二人を迎えに来た時には、タラはほっとしたくらいだった。

庭に入ってくるジェームズを見て、タラは胸をどきどきさせながらドアを開けた。黒いコーデュロイのジーンズと黒いシャツ、淡いレモン色の革のブルゾンを着た彼はいつもよりずっと若々しく穏やかに見え、とても魅力的だ。彼が双子に温かく笑いかけるのを見て、タラの心は揺らいだ。私はどうしてしまったの？　彼と出かけるのを断って、後悔しているはずはないわよね？

「用意はいい？」興奮する双子に彼は言う。

タラはそっけない口調で帰りの時間を尋ねた。

ジェームズの顔を見たタラは、何かを投げつけてやりたくなった。瞳には皮肉っぽい色が宿り、口元に軽蔑《けいべつ》とも取れる笑いを浮かべている。子供がいつ帰るかきくのがそんなにいけない？　タラは怒りたい気持ちをやっと静めた。夜になる、とジェームズは冷たく言い、嘲笑《ちようしよう》するように続けた。「君がやりたいことをする時間は充分あるよ」その瞳にも、なぜか怒りの火花が散っていた。

子供たちが出かけて三十分ほどすると、ドアがノックされた。古いジーンズとTシャツを着て二階の窓ふきをしていたタラは近所の誰かだろうと思いつつ、急いで下りていった。こんな格好でごめんなさい、と言いながらドアを開けると、戸口に寄りかかるように立っていたのはチャスだった。大きなばらの花束とシャンパンのボトルを手にしている。

「チャス……どうして……」つぶやくタラを押しのけて彼は中に入り、勝手にドアを閉めた。

「うるさい子供たちはどこ？」冗談めかして言うと、彼はシャンパンを玄関ホールのテーブルに置き、タラについて居間に入ってきた。

「出かけたの。でも、チャス。何をしに……」

「謝ろうと思ってさ」苦笑気味に彼は言った。「このところ、君に当たることが多くて悪かった。昨日モデルの子に、そんな調子ではアシスタントを失っても仕方がないわね、と言われたんだ。君はこれまでで一番有能なアシスタントなのに」彼は困ったように笑った。「靴の撮影に使ったモデル、覚えているかい？」

そのモデルなら覚えている。いたずら好きの妖精《ようせい》を思わせる、きゃしゃで目が大きく、黒褐色の髪をした子だった。

「君につらく当たっている上に、セクハラまがいのこともしている、とその子に言われてね。彼女の忠告に従ってちょっとしたプレゼントを持って許してもらいに来たと言うわけだ」

タラは笑って彼の手から花束を受け取った。「これがちょっとしたプレゼントだったら、大きなプレゼントはどんなかしら?」

「最低でもパリへの週末旅行かな」チャスはにやりとする。「そこまでしたって、僕の目論見《もくろみ》どおりにはなりそうもないとわかっているけど」

これまでになく彼に対して打ち解けた気分になり、タラはもう一度笑った。

「タラ、本当にすまなかった。八つ当たりして。正直言って、いろんなことでいらついていた。君のセクシーな体も、僕をいらいらさせる理由の一つだけど。ごめん。今の言葉はまたセクハラだな」タラが口をはさむ前に続けた。「でも君にはとても引かれるし、そんな君がいつもそばにいながら僕が誘うたびに冷たい顔をするから、余計にいらいらするんだ。自尊心は傷つくが、君はたぶん僕以外のどんな男もそばに寄せつけないのだろうと思うと、せめてもの慰めになる。とにかく、僕は心を改めると約束する。今後は厳密に仕事だけの関係でいこう。いいね?」

あのかわいいモデルに言われて彼が態度をころりと変えたことがどんな意味を持つかを直感して、タラはにっこりしたが、賢明な彼女はそれを口にはしなかった。午後三時からシャンパンを飲むのは気が引けたが、仲直りの印に乾杯しようと言うチャスの言葉に、素直に従うことにした。

チャスが去ったのは五時だった。二人はもっぱら仕事の話をした。真面目《まじめ》に仕事の話をする時の彼はとても興味深い話し相手で、タラは時間がたつのも忘れたほどだった。

話に夢中になってシャンパンを飲みすぎたせいか、酔ってしまったようだ。ボトルは三分の二が空だった。チャスのたばこの吸殻が、タラがやっと探し出した灰皿に残され、部屋には酒とたばこの残り香が漂っている。タラはこの家に男の客がほとんど来たことがないのを改めて思い出した。

窓ふきを終えたタラは、子供たちが戻る前に風呂に入って髪を洗うことにした。スーザンが二人を送ってくれることになっていたので、タラはジーンズとスウェットシャツに着替え、髪も乾かさずにいた。

クリスマスプレゼントにもらってまだ手つかずだった長い物語を少し読んだ時、ドアのベルが鳴った。まだ六時にもなっていないのに気づいて、タラは顔をしかめた。

スーザンと子供たちだと思ってドアを開けると、そこにいたのはジェームズだった。しかも一人だけだ。背後に迫る薄闇《うすやみ》の中で、黒い服が危険な印象を彼に与えている。

子供たちに何かあったの、と尋ねるまもなく、彼はするりと家の中に入り、後ろ手にドアを閉めた。

「二人はスーとアレックがマクドナルドに連れていっているよ。電話しても君は出ないし、心配しているかもしれないとスーが言うから、僕が知らせに来たんだ。でも余計なお世話だったみたいだね」ジェームズの視線はチャスの残した吸殻と飲みかけのシャンパンのボトルに注がれていた。タラは思わず赤くなった。冷たい目を向ける彼に反論したかったが、言葉は口から出ず、沈黙がその場を支配した。

「あなたにも夜の予定があったでしょうに」

「君にも？」彼は部屋を横切り、外れていた受話器を元に戻した。知らない間にずれていたらしい。スーザンの電話が通じなかったのはそのためだった。

「用意周到だね」皮肉っぽく彼はつぶやく。「午後来ていた〝友人〟が電話してくると困るから」

タラは彼の言葉が終わるのを待たなかった。

「言っておきますけど、さっきまで来ていたのは私の雇い主よ。彼は――」

「シャンパンと花束を持ってきたんだろう？」ジェームズの声には冷たい刺があった。「雇い主としては当たり前のことだよね。タラ、君はもう少しましな人間かと思っていたよ」彼の口元がゆがんだ。「男を求める気持ちはわからないでもない。君は官能的な女性だから。でもよりによってチャス・サンダーズとは！　君にはプライドというものがないのか？　彼が手当たり次第にモデルを引きずり込むベッドに、君は平気で寝られるのか？」

「うちのベッドは私のものよ」つのる腹立ちを抑えて、タラはわざと甘ったるく言う。「だからそんなご心配はいりません」

「考えたほうがいいぞ。彼にも同じ思いを味わわせてやったらいい。目の前でほかの女を見せびらかされても平気なのか、君は。彼が女たちと何をしているか、みんなが知っているじゃないか」

「ありがとう」苦々しい怒りが込みあげる。なんの権利があってチャスを非難し、私にお説教するの？　自分こそ……。「でも本気で私のことを心配してくれているのかどうか、怪しいものだわ」

「何が言いたい？」低くうめくように彼は言う。

「僕が君とベッドをともにしたいと思っているとでも？　それもいいかもしれない。面白いね。少なくともあのころの君と女になった今の君を比較することはできる。もっとも、夫を亡くしていなければあんな男にはかかわらなかったと君は言うのだろうが。女というのはどうして何もかも男のせいにしたがるんだろう」

言い返そうとしたが口の中が乾いて言葉が出ない。肌に細かい汗が浮き出てくる。胃のあたりでとぐろを巻いている恐怖は、ささいなきっかけで興奮に変わりそうな危険を帯びていた。私はどうしてしまったの？　ジェームズに抱かれることを考えただけで、なぜこんな変な気持ちになるの？　痛いほどの力で肩に手が置かれる。この魔術を解く言葉を口にしなくては、と思うのに、言葉が見つからない。タラは小さな悲鳴をあげ、おびえた動物のように階段を駆けあがった。何をしているか自分でもわからなかった。ただ逃げなくては、という思いだけが彼女を支配していた。

だが寝室も、安全な避難場所とは言えなかった。ベッドサイドのテーブルには、空になったシャンパンのグラスが置かれている。風呂の中で飲もうというばかげた思いつきで、さっき一階から持ってきたものだ。タラは背後に足音とドアが開く音を聞きながら、呆然《ぼうぜん》とグラスを見つめていた。目を見開いて振り向くと、ジェームズが閉じられたドアを背に寄りかかっていた。すでに上着を脱ぎ、Vネックのシャツの襟元からブロンズ色のなめらかな肌をのぞかせている。タラは絶望に駆られて、彼の広い肩から細いウエストに、そして締まったヒップに視線を投げかけた。

「何しに来たの？　お願い、出ていって」

「君が逃げたから、追いかけてきた」ジェームズはさらりと言う。「ゲームの面白みはそこにあると思わないか？」急に彼の視線が鋭くなった。彼は部屋を横切り、グラスを手に取って嘲《あざけ》るように歯を見せて笑った。「ロマンチックだね。情事のあとのシャンパンか。情欲、と言ったほうがいいかな」

「それはあなたの専門でしょう？」タラは怒りに我を忘れて吐きすてたが、次には素早い動きで後ろから腕を押さえられていた。彼の青い瞳は激怒のために黒ずみ、深い脅威をたたえてタラを見ている。

「挑発したいのか？　それともじらしてる？」

「違うわ」身を引こうとしたが、またたくまに力が抜けていくのが我ながらおぞましい。後ろに立つ、男らしく力強い体にそのまま寄りかかりたい気持ちが、タラを支配しようとしていた。

タラの心を見抜いたのだろうか。ジェームズはゆっくりと彼女を自分の方に向かせると、洗ったばかりの髪を指ですいた。髪に息がかかるほど唇を寄せ、彼は自分に話しかけるようにつぶやいた。「なぜだ、なぜいけない？」次の瞬間、その唇はタラの唇に軽く触れていた。かすめるようなキスは、巧みな楽士が楽器を奏でたかのごとく、タラから妙《たえ》なる音色を引き出した。震えは次々に襲ってきて、タラはそれだけで疲れ果ててしまった。何もかも忘れるほど力強い快楽の波にもまれたタラは、意思を捨て、体が感じ求めるまま、彼の妙技に応《こた》えていた。

さまざまな切れ切れの思考が、無意味にばたばたと羽ばたく無数の蛾《が》のようにタラの脳裏を行き交う。

「タラ」

ため息のように名前がささやかれた。声が聞こえたと言うよりは、声を感じたと言うほうが似つかわしいかもしれない。肌と肌が今にも触れそうな感触にタラの唇が震えた。ジェームズの指は彼女の喉に移動する。それを感じて首筋の脈が、タラの理性を裏切って速くなった。

「タラ、君は魔女だ。僕をたぶらかす魔女だ」ジェームズは喉に唇を寄せたままうめき、切望を隠そうともせずタラのスウェットシャツを引っ張った。

「七年……」手がするりと内側に入り込み胸を包むと、タラの唇からまたうめきがもれる。

いつのまにかタラの手も彼のシャツの内側にあった。ムスクの香りがする温かい肌を感じて、手から感覚が薄れていく。首筋に歯を当てられると、タラの全身がしびれはじめた。

ジェームズの肌も紅潮している。彼の手がジーンズにかかるのが感じられた。拒まなくては、と思うのに筋肉質の体や熱い太腿が押しつけられると、そんな気持ちも吹き飛んでしまう。タラが身をよじると、彼は耐えられなくなったようになり、激しいキスをしてきた。

ジーンズとシャツが床に投げすてられた。がっしりしたジェームズの手が体をはい、脚の間に彼の太腿がさし込まれる。彼の頭は、今はタラのクリーム色の胸の谷間にあった。

「ああ、タラ」

その声で何かがはじけ、小さな波がタラの体を襲った。全身の力が抜け、タラは彼のなすがままにベッドに倒れ込んだ。

「タラ」かすれた荒い声にタラは目を開け、間近に迫った彼の顔に焦点を合わせた。「僕の服を脱がせて。昔の君はそんなこともできないほどシャイだった。何も知らず、おびえたように僕の腕の中にいるだけで、僕は君を傷つけまいとするので精いっぱいだった。だが今は対等だ。お互いに喜びを与え合おう」小さなレースのブラに手が伸び、ホックを外すと、ばら色の先端を持つクリーム色のふくらみがあらわになった。すでに充分に敏感になっている肌に彼の息がかかる。唇が寄せられると、タラの体を喜びの波が走り抜けた。あまりに強烈な快感は、痛みにも似ていた。それが繰り返され、タラはもう限界に達していた。

彼の指がみぞおちのあたりに触れると、またもや痛みに似た感情がタラを貫いた。

「タラ、君が欲しい……もう待てないよ」肌に唇をつけたまま、ジェームズがささやく。「君はもう少女ではなく、一人前の女だ」

「だから好きにできると言うの？」タラは苦い思いで尋ねずにはいられなかった。怒りと悔しさが込みあげてくる。私はなんて愚かだったのだろう。体の欲求に惑わされて――いいえ、体だけじゃない。心も、理性も、惑わされていた。私の彼に対する反応はあの時と少しも変わらない。そしてそのわけも。改めてその事実に直面したタラは、これまで自分が男性を避けてきた理由がなんだったかをはっきりと思い知らされた。私はまだジェームズを愛しているのだわ。愛していたから、彼に去られたことを恨んでいた。今、彼がこうして戻ってきた。私を軽蔑しているを言いながら、同時に私の体に執着があることを隠そうとしない。でも、そんな彼の罠《わな》にまたはまったら、私は本当の愚か者になってしまう。

ジェームズはタラの体がこわばるのを感じて、ひじを突いて起きあがり、タラの瞳をのぞき込んだ。その表情から切羽詰まった欲望が遠のいていく。彼は凍りつくような皮肉な口調で言った。「君がやりたかったのはこういうゲームだったのか」

彼は立ちあがるとシャツの裾《すそ》を押し込み、素早くそっぽを向いた。床のスウェットシャツに手を伸ばしているタラを振り返ると、彼は軽蔑を込めてそのきゃしゃで無防備な体を見つめた。

「なぜ僕をこの部屋に誘うような真似をしたんだ？　土壇場で拒絶したかったから？　言っておくが、そんなことをする必要はなかったんだ」侮蔑を含んだ口調だった。「遅かれ早かれ、僕だって思い出したはずだ。君を抱くことは、これまでに君の体を味わった多くの男たちが残したものを見せつけられることだって。君には確かに心をそそられるが、その魅力を存分に楽しむのをためらわせる何かがある。僕は潔癖だからね」

歯をむき出すようにして笑うと、ジェームズは傷ついた鳩《はと》のようにおびえた表情で床にかがんでいるタラを見た。あまりの言葉に、タラはどうしていいかわからなかった。彼がドアから出ていこうとする時になって、やっと言葉が出た。「潔癖が聞いてあきれるわ。スーのお母さんと結婚したあなたの、どこが潔癖なの？」

「この――」

一瞬彼に殴られるかと思って、タラは恐怖に満ちた目を見開いてすくみあがったが、ジェームズは超人的とも思える意志の力で怒りを抑え、荒々しく部屋から出ていった。一人残されたタラは、階段を乱暴に下りていく彼の足音を聞き、次に大きな音で玄関のドアが閉められるのを聞いた。やがてタラの耳に、ロールスロイスのエンジンがかかる低い音が聞こえてきた。

8

春が過ぎ、夏になった。あれ以来チャスはすっかり扱いやすくなった。子供たちと一緒に過ごしたいので休みを取りたいというタラの申し出にも、文句も言わずに承知してくれた。今日は特に機嫌がよく、口笛を吹きながらスタジオで仕事をしている。機嫌がいいのはきゃしゃで黒褐色の髪をしたモデル、ニーナとの仲がうまくいっているからだろう、とタラは考えた。

先週末、チャスはニーナをタラの家に連れてきた。チャスの十代の青年のような恥ずかしげな笑顔を見て、タラは彼がまもなく独身生活に終止符を打つのではないかという予感がした。ニーナの言いつけなのか、彼は双子におみやげを携えてきた。サイモンには複雑なプラモデル、マンディには看護師さんの衣装だった。チャスに対してはいつもどおりクールな双子も、ニーナのことは気に入ったようだ。

「今夜、何か予定はある?」帰りの挨拶《あいさつ》をしにスタジオに入っていったタラに、チャスがきいた。タラが首を振ると、もしかしたらあとでちょっと寄るかもしれない、とあいまいにつぶやいたが、その理由は言わなかった。

夏休みは母や叔父夫婦と過ごすつもりだったが、家に戻ってみると、叔父が軽い心臓発作を起こしたので夏の予定はキャンセルしたい、という叔母からの手紙が来ていた。

あわてて電話をしてみたが、叔父の具合はそう深刻でもなさそうでひとまず安心した。しかしながら騒がしい子供を二人も連れていかれるはずはない。受話器を置くタラの心は沈んだ。

そんなタラのもとに、昼間の言葉どおりチャスが訪れた。耳から耳まで口が広がるほど、満面の笑みを浮かべている。

「何かいやなことでもあった?」紅茶を出すと、彼はタラに尋ねた。「十ポンド札をなくして、十ペンス硬貨を拾ったみたいな顔だよ」

タラは簡単に事情を説明した。「長い夏休み、子供たちはずっと家にいるのでは退屈してしまうし、特にサイモンは田舎が好きだから」

「例の友だちの家に何日か行かれないの?」激しく首を振るタラを、チャスは考え深げにじっと見つめていた。もちろんスーザンは歓迎してくれるだろうが、ジェームズと会ってしまう可能性が少しでもあるあの家には行きたくない。最後に彼と会った時のことを思い出すと顔がほてる。もっと悪いことに、子供たちはいまだに彼をほめる言葉をいやになるほど口にするのだ。

「ふうん。だったら、ちょうどいいかもしれないな」そう言いながらチャスは厚い真っ白な封筒をタラにさし出した。表にはタラの名前が書かれている。

タラは困惑しつつもそれを受け取り、マグをテーブルに置いて封筒を裏返してみた。

「早く開けてみて」チャスは待ちきれないように言う。「心配しなくても、かみつかないよ」

おずおずと開けた封筒の中にはおそろいの厚い便《びん》箋《せん》が入っていた。それを開くと小切手が床にひらりと落ちた。

わけがわからないままそれを拾いあげたタラは、自分の名前が書かれているのを見て目を丸くした。

「君の今までの働きに対するボーナスだよ」チャスがきっぱりと言った。「先月のヴォーグ誌用に撮ったショットでは、君の助言がとても役に立った。すばらしいアイディアだったよ。うちが受け取ったコミッションからすれば、本当はその倍くらいあげないと悪いんだけれど」

「チャス……」喉に言葉が詰まって、それ以上何も言えず、タラは涙をこらえて両手を広げた。

「そのお金で楽しい旅をするといい。君たちには休日が必要だ」チャスはいたずらっぽくつけ加えた。「長い目で見れば、その金は君の働きで充分取り返せると思っているよ」

泣くなんてばかげていると思いながら、チャスの温かい気持ちと思いがけないボーナスがうれしくて、タラは胸がいっぱいになった。このところつらいことが続いているので、なおさらありがたかった。

チャスは、泣かせてしまうモデルに彼がいつもさし出す柔らかいハンカチをタラに渡し、彼女をそっと抱きしめた。

兄はいないが、チャスの肩を借りて静かにすすり泣くと、肉親に甘えているような気分になれた。

「もうよしなさい。泣くことはないよ。笑ってもいいはずだ」チャスに優しく言われて、タラは小さく笑いをもらした。

「笑っているわ、ほら」涙でくしゃくしゃになった顔で彼にもう一度笑ってみせる。

「ママ……」その時マンディがキッチンに走り込んできてタラの前に立ち、とがめるように見あげた。「どうしてチャスおじさんがママを抱いてるの？」むっとした顔でチャスをにらみ、マンディは非難するように言う。

「ママはちょっといやなことがあったんでね。おじさんのキスで治してあげようと思ったんだ」チャスがいたずらっぽくマンディをからかい、マンディのしかめっ面を見て、タラに眉を上げてみせた。「どうやら僕は人気がないらしい」マンディが去ると彼はタラにささやいた。「ところで、このごろ双子がよく話に出す、ジェームズおじさんって誰だい？」

「別に」嘘《うそ》をついたタラはチャスに見つめられて赤くなったが、幸い彼はそれ以上追及せず、ニーナとディナーに行く約束があるからと帰っていった。

翌日の昼休み、タラはチャスにもらったかなりの額のお金を持って旅行会社に行き、子供たちとダートムアの外れで二週間の休暇を過ごすことを決めた。サイモンは自然や動物たちとの触れ合いを、マンディは海岸での遊びや眠っているような一風変わった村を気に入ってくれるだろう。海岸から遠くないところに小さなコテージを借りてもまだお金にはゆとりがある。滞在中の経費はすべてそれでまかなえそうだった。

旅のための買い物は別の日に回すしかないわ——時計を見ると時間はもうかなり遅い。食い込んだ時間分は残業をして補おうと決め、タラは何かと面倒を見てくれるお隣の奥さんに電話をして、双子の迎えと世話を頼んだ。お隣の奥さんのジャニスには家の鍵《かぎ》を預けてあるから、子供たちのことは安心だった。

その日、家にたどり着いたタラは、出迎えてくれたジャニスのまごついたような、ぼうっとした表情を見て少しびっくりした。彼女はごく堅実で、地に足をつけて歩きめったなことでは動じない、北部でよく見られるタイプの女性なのに。

「まんまと私たちをごまかしていたのね」ジャニスはにやにやして思わせぶりに目をくるくる回し、先に立って居間に入っていった。「それも無理はないけど。いったいどこであんな人を見つけたの？」戸惑っているタラに、彼女は続ける。「うちのトムとのことを考え直そうかと思ってしまうくらい魅力的だわ」

一体全体なんの話なの、と尋ねようとした時、庭で動く人影が目に入った。激しい怒りと信じられない思いが一度に押し寄せてきた。なんと、子供たちがジェームズとサッカーのまねごとをして遊んでいるのだ。ジーンズと開襟シャツ姿のジェームズは、まるで自分の家で子供と遊んでいるように見える。動き回る彼の髪が、風にそよいでいる。マンディが抱っこをねだったのか、彼は力強い腕でマンディを宙高く持ちあげた。マンディがうれしくてたまらない表情を見せた。子供の愛情をもてあそんで、私と子供たちとの間を引き裂こうとするなんて、卑怯《ひきょう》だわ！　でも……彼が何をしたと？　良心の声がタラの中でささやいた。ただ子供たちと遊んでいるだけじゃない。本当の父親が、父親役を務めているだけなのに。

そんなことは関係ないわ。彼には父親の権利なんかない。人生の一時にしかかかわりを持たない人間にあんなになついてしまったら、子供たちはあとでつらい思いをする。愛した人に去られる苦しみは誰より私が一番よく知っているわ。どんなに傷つくか。

それでもジェームズと遊ぶ双子を見ていると、そんな気持ち以上にうらやましさがつのるのはなぜだろうか。特に守られるように彼の腕に抱かれているマンディを見ると……。ばかな、とタラは自分を叱《しか》った。自分の子供に嫉妬《しっと》してどうするの？　まさかあんなことをしてもらいたいと思っているはずはないわ。第一私はジェームズを憎んでいるのだもの。

〃いいえ、まだ愛しているわ〃心の中ではっきりとささやく声がした。〃今まで以上に。だからマンディを見てうらやましく思うんだわ〃

タラは三人の姿を見ながら、その心の声を改めて自分に問いかけてぼんやりと立っていた。そうだ。私は彼を愛している。あれからずっと愛し続けてきた。憎み、嫌っているふりをしてきたけれど、それは強がりにすぎなかった。一般論で考えた常識に、自分の気持ちを無理に添わせていただけだ。でもそれは偽り。現実に直面したら、作り事はガラスのようにもろく砕けてしまった。

心の深いところに、耐えきれない痛みが生じた。心配したのかタラの腕にそっと触れるジャニスに、大丈夫、と言うと、タラは夢遊病者のようにふらふらと庭に出ていった。マンディの反抗的な顔とサイモンの不安そうな顔を頭のどこかで認識しながら。子供たちがジェームズの名前を口にするたびに自分が鋭い口調でとがめたことを、タラは思い出した。動物園での話は聞きたくないと言ったことも。後悔が胸に広がっていく。

芝生が濡《ぬ》れているのも、大事なスーツを着ているのも忘れて、タラは地面に片膝をつき、子供たちを歓迎するように両手を広げた。

先に飛びついてきたのはサイモンだった。とびきりの笑みを浮かべている。マンディは少しの間困ったようにジェームズを見あげていたが、すぐにサイモンに続いて走ってきた。

「感動的な光景だね」頭上でジェームズの声がする。

その口調に含まれる嘲《あざけ》りに、タラは涙が込みあげそうだった。「サンダーズに見せたいね。彼はこのところしょっちゅう来ていると子供たちから聞いたよ。しかも二人にプレゼントまで持って」

批判めいた鋭い言葉は、ただでさえ緊張しているタラの神経を逆なでした。

「何が言いたいの？」タラはかっとなって言い返した。「チャスがおもちゃで子供たちの気を引こうとしているとでも言うの？」

「とんでもない。二人はそんなもので買収されるほどばかじゃない。人を見抜く目も分別もある」

タラの顔に血が上った。

「チャスには子供たちを買収する必要なんかないわ」ぞっとするほど静かなタラの口調は、ジェームズの嘲りがもたらした新たな苦痛を忘れようとするせいで怒りに満ちていた。「そんなことを言うあなたこそ、子供たちを変に甘やかしているじゃない」

タラは皮肉でやり返したが、効果はなかったようだ。彼は少し顔をしかめたものの、冷たい目でタラをじっと見て、低い声で言った。「君のボーイフレンドと違って、僕の興味は君の子供たちにしかない」その視線がむちのように痛かった。彼はまた残酷な言葉を吐く。「女性をベッドに誘うためにわいろの助けを借りる必要は僕にはない。だから君は安全だよ。保証する」

「十七歳のあの夏もそうだったように？」

苦い、傷ついた言葉がタラの口をついて出ていた。耳をふさぎたくなるような沈黙がそれに続き、タラは恐怖で凍りついていた。

「まだ覚えていた？」意にも介していないような軽い口調だった。「驚いたな。君があれからすぐ、あっというまに結婚したのは、僕とのことなんかさっさと忘れたからだと思っていた。ところで双子の父親って、どんな人だった？」

君と結婚したい男がいたなんて信じられない、と言わんばかりのばかにした口調で、彼は唐突にきいてきた。架空の〝夫〟の美点を並べて彼を見返すチャンスだと思ったけれど、どうしてか嘘をつくことができなかった。台所の方を見ると、ジャニスがお茶をいれている。ジェームズがそばにいるために心の平衡が保てなくなっているタラの今の精神状態とは全くかけ離れた、ごく日常的な光景だった。

「どんな人だったんだい？」

「パパは外国で死んだの」マンディが口をはさんできた。「私たちが生まれる前」

「ママはパパのことが大好きだったんだ」サイモンも負けじと声を張りあげる。

「そうなのか？　僕には彼の存在に妙に現実感がないように思えるけれど、君は本当にその人を愛していたの？」〝そうよ〟と言いたかったが、なぜかその言葉が出なかった。何も言えずにいるタラを、ジェームズは鋭く目を細めてじっと見る。タラは、彼に自分の胸の奥に刻まれた真実を読まれている気がした。

「私……双子の父親をとても愛していたわ。今だって」やっと切れ切れにつぶやいたタラは、その言葉が自分の耳に届いて初めて、自分が何を言ったかに気づいた。ヒステリックな笑いが急に込みあげてきた。ジェームズ本人を前にして、どんなに愛しているかを告げているのに、彼は傲慢《ごうまん》な表情で冬の空を思わせる冷たい瞳を私に向けている。本当のことを知ったら、もっと冷笑するでしょうね——私がかつて愚かにも彼を愛したことを、さらに愚かなことに、今も愛していることを。

彼はタラや子供たちと一緒に家の方に向けて歩き出した。そんなことはしたくない、と思いながらも、儀礼上、中へどうぞ、と勧めないわけにはいかなかった。タラが台所で子供たちの夕食の準備をしていると、ジェームズがふらりと入ってきて、タラの作っていたサラダをつまんで口に入れた。

「そんなことしちゃ、いけないのよ。ねえ、ママ」彼についてきたマンディがしたり顔で言う。

「そうね」

「おなかがすいているのね。ねえ、おじさんも一緒にご飯を食べさせてあげて」

「ジェームズおじさんはいろいろご用があると思うわ」タラはきっぱりと言った。「いい子だから手を洗っていらっしゃい。今夜のデザートはいちごよ」

「本当に？　僕の大好物だ」ジェームズのその言葉にマンディは大喜びしている。

「じゃ、お食事していくのね？」マンディははしゃいで尋ねた。

　ジェームズは許可を得るようにタラを見た。「君のママがいいって言ったらね。ママはそうは思わないらしいけど、僕は大好きな君たち二人と食事をするのが、何より一番したいことだ」

　小さなダイニング・スペースで双子を両側に従えて食事をしているジェームズを見ながら、彼の家とは似ても似つかない環境でしょうね、とタラは思わずにはいられなかった。家具はほとんどが古道具屋で買ったもので、丁寧に塗り替えたり修繕してはあるけれど、どれも安物だとわかるものだし、カーテンは安売りの生地を自分で縫ったものだ。ペンキを塗るのも壁紙を貼《は》るのも、タラが一人でやった。床には紙やすりをかけてニスを塗り、余り布を編んでラグを作った。そんな自分の家に満足していたはずなのに、なんだか急にみじめに貧乏たらしく見えてきた。壁にはサイモンがかいた絵が何枚か貼ってあり、本棚の上の空き瓶にはマンディが摘んできた花が生けてある。食事だって、質素なものだ。チキンサラダと全粒粉のパンがたくさん、それとバターだけ。食後のデザートは奮発して買ったいちごと、タラが自分で作ったアイスクリームだった。

タラはいちごを三つの皿に分けて盛り、アイスクリームだけは一つのボウルに入れて、三人の前に皿を置いた。

「ママは食べないの?」サイモンが無邪気にきく。

ジェームズの視線を避けて、タラは首を振った。

「私はダイエット中だから」本当のことを言えば、いちごは高いので三人分ぎりぎりの数しか買っていなかったのだ。ジェームズはきっとそれに気づいたはずだ。タラの顔がかっと熱くなった。さぞ軽蔑《けいべつ》しているだろうと思うと、屈辱感がわいてくる。彼やその周りの人たちは、時季外れのもっと高価ないちごでも、当たり前のように朝食に食べているに違いない。

食事が終わるとジェームズは子供たちと床で遊びはじめ、その間にタラはあと片づけをした。ひじまで泡だらけにして皿を洗っているところに、ジェームズが入ってきてタラを驚かせた。冷蔵庫を背にして立っている彼を見ると、最初の出会いを思い出して胸が苦しくなった。あの時、こんな結果になることをもし知っていたら、そしてもし時間を戻せたら、私はどうするだろうか? タラは子供たちがもたらしてくれた幸福を思った。答えは決まっていた。

「悪かった……いちごのこと」

ハスキーな声が、ささくれていたタラの神経を刺激した。タラは怒りを瞳に込めて彼に向き合った。

「全くだわ」私に気まずい思いをさせていじめるつもりかもしれないけれど、そうはさせないわ。「楽しみにしていたのに」

彼の瞳に感嘆と同時に、面白がるような色が宿ったように見えた。だがほんの一瞬のことだったので、きっと勘違いだとタラは思った。

「償いをさせてくれないか」その言葉は、二人が社会的にどれほど離れた場所にいるかをタラに思い知らせた。タラは乏しい給料で子供二人を育てるために四苦八苦しているシングル・マザー。一方ジェームズはお金持ちで、高級車に乗り、高い服をまとっている。だが今、開いたシャツの襟元から日焼けした首筋をのぞかせ、隆々とした筋肉が目立つ腕を組んで立っている彼を前にしていると、そんな身分の違いなど忘れそうになる。彼の体から漂う香りや胸を覆っている柔らかな体毛を意識しないではいられない。体が震えるような欲望が意思に反して生じ、彼の髪に指をさし入れ、喉元に唇を押しつけて、彼が耐えきれなくなって体をこわばらせるのを見たいという気持ちに負けそうだ。

タラは自分にひどく腹立ちを覚え、そんな気持ちを抑えつけて、鋭く言った。

「どうやって？　あり余るお金を使って子供たちの気持ちを〝買った〟ように私を〝買う〟の？」

軽蔑で声が震えた。ジェームズが怒ったのはわかったが、突然痛いほど荒々しくウエストをつかまれるとは思ってもいなかった。「どんな代償を支払えば、君は満足なんだ？」きしむような声を聞いて、タラの背筋に緊張が走る。

放して、と言おうとした。ばかげた、茶番劇のようなシーンだわ、とも思った。だがジェームズを押しのけようと濡れた手で彼の胸を力いっぱい押した時、たくましい筋肉の感触と温かさがタラの頭に思いもかけない官能的なメッセージを送り込んだ。忘れられない香りを間近で吸うと頭がくらくらして、過去の思い出が鮮やかによみがえり、現在はどこかに押し流されてしまった。

どんな動きをしたのか自覚はなかったが、彼はタラが屈伏したことを感じ取ったらしい。突然目を細め、唇を近づけてきた。

キスされようとしていることはわかったが、タラが予想もしなかったのはそれがすべてを奪い尽くすような乱暴で激しいキスだったことだ。彼は攻撃するように柔らかな唇をむさぼり、抗《あらが》うすべもないままいるタラを完璧《かんぺき》にねじ伏せる。動くこともできないタラの胸に、彼の熱い手のひらが押しつけられていた。

一瞬、そのまま彼の要求に身をゆだね体をぴったりと添わせたい、生々しい欲望がむき出しの抱擁に応《こた》えたい、という衝動が生まれたが、自尊心がかろうじてそれに勝った。今私を抱いている冷たくシニカルな男を、かつての優しい恋人と混同してはだめ。そう、そのあとはともかく、あの時彼は確かに優しかった……。タラが身を引いたのを感じ取ったのか、ジェームズは頭を上げて、唇を腫《は》らし瞳に陰りをたたえているタラをじっと見た。

一言も言わずに彼はそのまま台所から出ていった。残されたタラはほうけたように力が抜け、いやになるほどひどい自己嫌悪に襲われていた。彼の動機がどんなものであれ、あとでまた絶対に泣き、苦しむとわかっていても、ジェームズにもう一度抱かれたいという危険な欲望が自分の中に残っていたことが許せなかった。

あんなにつらい目にあい、ずたずたになって、双子の誕生後必死の努力でやっと取り戻した自信と自尊心を、また自分から捨て去ろうとしたなんて。

遠くで彼が双子にさよならを言う声がする。その夜、タラはお風呂の中で〝ジェームズおじさんが大好き〟と何度も言うマンディにかんしゃくを起こしそうになった。でもマンディは何も悪くない。タラの心はまた罪悪感にさいなまれた。

9

それから二週間、ジェームズに会うこともなく日々が過ぎた。だがある日の午後、撮影に使う衣装をナイツブリッジで探していると、そのあたりでも高級住宅とされるミューズ・ハウスの一軒から、ジェームズが出てくるのが見えた。やせて黒っぽい髪の女性が彼の腕にしがみついている。

タラはその場に凍りついたが、パニックに陥っている自分を彼に見られまいとして、急いで近くの店に走り込んだ。

そこはたまたま女性服の店だったので、中を見て回るふりをしてジェームズと女性が行き過ぎるのを待った。

女性には見覚えがあった。彼の運転でスーザンの別荘に行った日、昼食をとったレストランで会った女性だ。胸の奥の鈍い痛みが鋭い苦痛に変わり、苦い嫉妬《しっと》が喉を焼いた。

二人が行ってしまうのを確かめて、タラはその高級店を出た。頼まれたものを全部そろえられないうちに彼女はスタジオに戻った。チャスが寛容にも何も文句を言わないのがありがたかった。実は彼はタラの悲痛な色を浮かべた瞳を見て、余計なことをきくまいと思ったのだった。そういう目をした女性を過去に何度となく見てきた彼は、タラにそんな思いをさせた男性は誰なのだろうかと考えずにはいられなかった。一見冷静で、何事にも動じずいつもにこやかだが、どこか人と距離を置いていて他人をむやみに近づけないところがタラにはある。タラはチャスにとって謎《なぞ》めいた興味深い女性だった。チャスは最初に面接をした時から、見かけはクールだがそれとは裏腹に、豊かな感情を彼女が隠し持っていることに気づいていた。そのタラがいつになく動揺しているのを見たチャスは、今日は仕事にならないと見て取って、早く切りあげようと提案した。タラは驚いたものの、彼がなぜそんなことを言ったのか考える余裕もないまま、礼を言った。

母親の気持ちを反映してか、子供たちもその夜は機嫌が悪く反抗的だった。ジェームズと女性の姿が頭から離れないタラは、ベッドに行くのを渋る子供たちを鋭い口調で叱《しか》りつけた。子供たちがだだをこねるのはいつものことだし、普段のタラならたいして気にもかけずにあしらう。だが今夜は双子の反抗的な態度が、午後ずっと心から離れなかったもやもやした不満を爆発させる起爆剤になった――いいえ、今日だけではないわ。私の漠然とした割り切れない気持ちはもう何週間も続いている。ジェームズを愛していると自覚したその時から。マンディの寝室のドアを閉めながらタラはそれを認めるしかなかった。

出ていきがけにマンディが甲高い声で投げつけた言葉はタラの心に鋭く突き刺さったが、同時にほほえまずにはいられなかった。「ママはこのごろチャスおじさんが来ないから機嫌が悪いんでしょ。でも私たち、平気だもん。チャスおじさんは嫌い。ジェームズおじさんが好き」

タラは子供たちに八つ当たりしたことを後悔し、朝になったら埋め合わせをしようと心に決めた。幸い明日は土曜で休みだから、どこかに家族で出かけよう。ロンドンから出てみるのもいいかもしれない。ブライトンまで行って海岸で遊ぼうかしら。もうジェームズのことはきっぱり忘れなくては。タラは自分に言い聞かせた。彼は私のことなどなんとも思っていない。そんな彼のことで心を乱されて、子供に当たるなんておかしいわ。

翌朝、子供たちを驚かせようとして、出かけることは何も言わずに車を点検しに行くと、タイヤがパンクしているのを発見してがっかりした。

スペアのタイヤはあるがもう古くなっているので、とりあえずそれに取り替えて近くのスタンドまで運転していき、新しいタイヤに替えてもらうしかない。ついでにガソリンも入れてこようと決めて、いい子にしているように双子に言って聞かせる。タラは小さな微笑を浮かべて再び車に戻った。

前夜さんざん怒られた子供たちは朝からひどくしょげていたが、出かけることを聞いて元気を取り戻した様子だ。帰ったらお弁当を作ろうと思いながら、タラはタイヤ交換を終えて家に急いだ。

最初に目についたのは家の門が開いていることだった。タラは顔をしかめた。子供だけで庭の外に出るのは固く禁じてある。時計を見ると、タラが家を出てから二十分しかたっていない。二人だけで遊ぶのに飽きて外に出たがるには早すぎる。もしかしたら私が門を閉め忘れたのかも、と思ったが、不吉な予感に胸がどきどきした。早足になる自分の足音が妙に高く響き、不安をつのらせる。

家の中はしんとしていた。胸を締めつけるいやな気持ちと闘いながら、タラは子供たちの名を呼んで家の中を走り回った。

返事はない。急に足がなえるのを覚え、タラは台所に急いだ。床には去年、母からもらったティーポットが粉々になって落ちている。タラの好みではないが大切にしてないと母がうるさいので、子供たちは触ってはいけないことになっていた。心臓がせりあがって喉に詰まりそうな気分で、タラは壊れたポットを見つめた。おぼろげな記憶では、確か一番下の棚の端に危なっかしく置かれていたのを見た気がする。危ないから安全な場所に移さなくては、と思ってそのまま忘れてしまっていた。朝食に使ったお皿を洗いかけた形跡があり、どうやらその途中に不幸なアクシデントが起こったらしい。前夜きつく叱ったから、私にまた怒られると思ってどこかに隠れているのかもしれない——タラは少しほっとして二階に駆けあがった。怒っていないからと声をかけたら、どちらかの部屋から二人が無邪気な笑顔で現れるのではないだろうか。

だが寝室も空だった。再び恐怖がタラに襲いかかる。もう一度くまなく一階を捜して、庭に出た。もしかしたらお隣のジャニスの家にいるのかも……。

だが二人はいなかった。

「きっといたずらっこたちは、庭のどこかに隠れて笑っているのよ」タラから話を聞いたジャニスは笑いながら言う。

「そんなことはないわ。ジャニス、どうしよう。あなたのところにいればいいと思って来たのに。怖い話をいろいろ聞くから……」ジャニスは、顔を手で覆って震え出すタラを椅子に座らせると、台所に消えた。立ちあがろうとするタラのところに、彼女はマグカップを手にして戻ってきた。

「熱いお茶よ。あなたが砂糖を入れないのは知っているけれど、今日は入れたわ。ショックを受けた時には糖分が必要なの。落ち着いたらもう一度捜してみましょうよ。一緒に行くわ。パニックになっていると思いもかけないことをしてしまうものよ。きっとどこかに隠れているわ。叱られないとわかったら出てくるわよ。さ、お茶を飲んで」

感覚が麻痺《まひ》したかのように、タラは言われるままお茶を飲んだが、心の奥底ではジャニスの言葉を信じていなかった。子供たちが逃げ出した、とタラは確信を持っていた。あんなに当たり散らしたから、今朝はしょげかえっていた。そんな時に大事なポットを割ってしまって、きっとショックだったのだろう。私がいけないんだわ。母親が自分たちよりポットを大事にしていると、子供たちに信じ込ませるような態度をとるなんて。

さまざまな思いを抱えて、タラは家に戻った。

三十分後、タラ同様に青ざめたジャニスが言った。

「こうなったら警察に頼むしかないわ。電話しましょうか?」

タラは首を振った。「私がするわ」その声はかすれ、ひび割れていた。

応対した警官は礼儀正しく、親切だった。「落ち着いて、奥さん」マンディの着ていたピンクのオーバーオールを説明している途中で泣き出してしまったタラに彼は言った。「すぐにお宅に警官を派遣しますから。こちらで早速捜索も開始します。気を確かに持ってください」

訪れた女性警官はタラと同年配だった。タラが説明する子供たちの服装と今朝からの出来事を、彼女はてきぱきと、だが事務的に書き取った。

「子供だけで留守番をさせることがちょくちょくあるんですか?」そうきかれて、タラの顔から血の気が引いた。何が言いたいの? 私が子供たちをほったらかしているひどい母親だとでも?

「一度もありません。それにたった二十分家を空けただけなんです。たった……」

タラが自責の念に苦しんでいるのを見た女性警官は、同じことをしてそのたった数分を一生後悔する羽目になった親がどれほどたくさんいるか、指摘するのを控えた。

「何があったのか、思い当たることは?」

タラは大きく息を吸い込んだ。

「あの……家出したんではないかと……昨夜ちょっと叱ったもので。その埋め合わせに今日は一日外に遊びに連れていくつもりでした」タラの瞳に涙があふれ、流れ落ちた。もう一つ、考えられる最悪の事態はあった。絶対に想像したくないいやな事態ではあるけれど、タラはその可能性に目をつむってしまってはいけないことを自覚していた。

ジャニスも警官から質問を受けた。彼女も泣き顔になっている。次に警官はタラに、こんな時にそばにいてもらえる人――たとえばボーイフレンドはいないのか、と尋ねた。

「いいえ、ボーイフレンドはいません」タラは首を振る。

「チャスは?」ジャニスが言った。「誰かにそばについていてもらうほうがいいわ」

チャスが誰であるかを説明すると、警官は、チャスと連絡を取るよう無線で仲間に指示をした。タラはそれを呆然《ぼうぜん》と聞いていた。彼は関係ないのだからわずらわせないでほしいと何度も頼む自分の声が、録音テープのごとくタラ自身の耳に響く。

長い一日が過ぎていった。ショックを受け、心配そうな顔をしたチャスが来てくれた。ニーナも一緒だ。いったん姿を消した女性警官は再び現れたが、その態度は前より同情的な温かみのあるものになっていた。きっと私たち家族に妙な前歴がないと調べがついたからだわ、とタラは思った。

「心配しなくても、きっと見つかりますよ」警官は何度もタラに言った。そうだろうか？　ロンドンは広く、子供たちに何が起こってもおかしくない。降りかかりそうなあらゆる災難をタラは思い浮かべ、みんなの慰めの言葉をよそに恐怖におびえた。しまいには、待っていることに耐えられなくなり、自分も捜しに行きたいと言って、穏やかに断られた。

「ここにいて待っていてあげないと。お子さんたちが帰ってきて最初に会いたいのはお母さんですよ」

だがタラにはそうは思えなかった――子供たちは私がいやだから出ていったのだわ。

「ご主人は亡くなっているんですね?」その問いに、タラは一瞬、真実を話しこの苦難の時にジェームズにそばについていてもらいたい、と考えたが、すぐに理性を取り戻し、小さくうなずいた。そして嘘《うそ》を悟られないように顔をそむけた。

「子供たちが行かれるような近くのご親戚《しんせき》は？」

すでにきかれた質問だったが、何もしないでいるよりはなんでもいいから何かしているほうがましだったので、タラはまたその質問に答えた。

すっかり日も暮れ夜になった。警察は何かわかったら報告すると言って引きあげ、チャスはニーナを家まで送りに行ったが、またすぐ戻ってきた。

「本当に私は大丈夫だから、もう帰って」タラはチャスに言ったが、彼はその言葉には耳も貸さず、近づいてタラを抱き寄せた。

「お願いだから、少し気を楽にして僕に頼ってくれ」彼は優しく言う。「自分だけでがんばろうとしなくたっていいんだよ。こんな時のために友だちはいるんだから」

泣きはじめたタラにチャスは大きなハンカチをさし出し、目にかかる髪をそっと払ってくれた。その時玄関で足音がした。チャスはタラに笑いかける。

「警察が戻ってきた。いいニュースだといいね」

だが実際はそう思っていない証拠に、彼はタラの体に回した手を離そうとはせず、うっかりすればタラが粉々になってしまうのを恐れるかのように、抱き寄せたままだった。

ドアの開く音がする。タラは一日中繰り返し続けたお祈りをもう一度唱えた。「神様、子供たちが無事ですように。お願いです、神様！」

足音が止まり、タラは顔を上げた。軽蔑《けいべつ》をたたえたジェームズの瞳と、混乱と信じがたい表情を浮かべたタラの瞳がぶつかった。

「全くひどい母親だ」ジェームズは荒涼とつぶやいた。「子供たちがいなくなったというのに、自分の肉体的な満足のことしか考えられないのか？」

タラは後半の部分を無視して彼が最初に言った言

葉を頭の中で反芻《はんすう》した。「子供たちのことをなぜ知っているの？」それを聞くとジェームズはおぞましげに瞳を曇らせ、唇をゆがめた。

「二人が午後中、僕の家で家政婦と一緒に過ごしたからだ。君のところに帰りたくないとおびえている。たかだかポットを一つ壊しただけだというのに」

怒りと苦悩が、巨大な荒れ狂う波のようにタラに押し寄せる。「ずっと？」ショックと恨みが声にこもった。「それを知っていたのに、私に連絡もしてくれなかったの？　私が母親失格だと思って、罰するつもりだったの？」

タラと同じくらい青ざめたチャスが、タラの言葉をさえぎった。「教養のある人間でなかったら、僕は今ごろ君の首を両手で絞めあげているよ」静かな口調だった。「彼女にどれほどつらい思いをさせたかわかっているのか？　しかも警察は大勢の警官を繰り出して子供たちの捜索をしていたんだ。お前なんか、刑務所に送られてしまえばいいんだ」彼は嫌悪を込めて吐きすてた。

「チャスおじさんというのは君か。僕だって知っていたらすぐに連絡したが、あいにく一日中外出していたんだ。二人は名前もどこから来たかも言わなかったし、家政婦も僕の帰りを待つしかなかった。それに子供たちがお母さんに会いたくなさそうだから、僕はわざわざ彼女を迎えに来たんだ。うちに連れていって子供たちと話をさせて、この状況をなんとかしようと思ってね」

子供たちさえ安全に手元に戻るのならば、悪魔についての果てに行ってもいいとタラは思った。

一緒に行ってあげるというチャスの申し出を断り、タラはチャスが警察に電話で子供たちの無事を報告し終えるのを、はやる気持ちを抑えながら待った。

「君と話したいそうだ」チャスが受話器をジェームズに手渡した。「本当に一緒に行かなくても大丈夫？」彼はタラの耳元でささやく。

「ええ」タラはチャスを見あげて、感謝を込めてその頬に軽くキスをした。だがジェームズがその様子をものすごい目で見ていることには気づかなかった。

「何があっても彼を一人にしておけないんだな」チャスが帰ってしまうと、タラとともに車に向かいながらジェームズが皮肉を投げつけてきた。「彼のどこがいいんだ？　ベッドでそんなにいいのか？」

タラは答えることを拒否し、できるだけジェームズから離れてロールスロイスの助手席に乗り込んだ。

混雑したロンドンの道路を、ジェームズは黙って運転していく。その車が停《と》まろうとしているのが、前日彼とガールフレンドが出てきたミューズ・ハウスだということにタラは気づいた。

タラの表情が変わったのがわかったのだろうか。ジェームズは車のドアを開けるタラの腕をつかみ、無理やり自分の方を向かせた。

「何か問題でもあるのか？」

「子供たちをあなたの堕落したモラルに触れさせたくないだけよ」

そこで話を終わらせたかったが、彼は危険を感じさせるほど静かな口調で言った。「よりによって君にそんなことを言われたくないが、詳しく説明してもらおうか。どういう意味だ？」

「昨日、この家からあなたが女性と腕を組んで出てくるのをみたわ」タラは勝ち誇ったように言った。ジェームズの中で怒りがつのっていくのがわかったが、それにひるむまいとして自分を励ます。

「彼女は投資のことで僕に相談に来ただけだ」ジェームズは広い肩をすくめた。「やましいことは何もなかったし、君が想像しているベッドルームでの出来事など、もちろん論外だ」

あなたにはその気がなくても、彼女は違うわ。あなたに対する気持ちを隠そうともしないじゃない。

「今度そんな言いがかりをつけたら、君が嫉妬しているのだと思うことにするよ」ジェームズはあざ笑うように言ってタラの腕を取り、階段を上がって深緑色に塗られたドアに導いた。ぐさりとくる言葉を浴びせられたタラは、おびえて何も言えなかった。

磨き込まれた寄木張りの小さな玄関ホールにいくつかドアが並んでいる。楕円《だえん》形の小机には、花を生けた真鍮《しんちゅう》の容器が置かれていた。

開いているドアの向こうに人の気配がする。出てきたのが中年の女性だったので、タラの期待はしぼんだ。

「双子のお母さんだよ、ミセス・ハモンド。タラ、こちらは家を任せているミセス・ハモンドだ」

「子供たちがご心配をかけたようで申し訳ございません」この人はいったいどう思っているだろう。タラはばつが悪かったが、相手は明るく笑った。

「そりゃ心配でしたよ。何しろ自分たちがどこの誰かを私に言ってくれないんですもの。でも二人の着ているものや礼儀正しい態度を見たら、おうちで心配している方がいるだろうということはすぐにわかりました」その言葉でタラは少し冷静さを取り戻した。「でもマンディは要注意人物ですわね。まあ、そんなに真っ青になって。さぞ気をもんでいらしたでしょう」

「ええ」タラは初めて素直に認めた。長いまつげに涙が宿っているのをジェームズに見られまいとする気持ちも、もう消えていた。「どれほど心配したか。でも二人はどうやってここまで来たんでしょう?」

「マンディがこの家の住所を暗記していたみたいなんだ。お小遣いを使ってなんとかたどり着いたらしい」ジェームズが静かに言った。

知らないうちに二人がどれほどのリスクを冒していたか、二人にどんな災難が起こり得たかを想像すると身が縮む思いだった。

「まあまあ、もういいじゃありませんか」ミセス・ハモンドが優しくそう言ったとたん、めまいがタラを襲った。早く支えるよう、ミセス・ハモンドがジェームズに叫ぶ声をタラは聞いた。

目を開けた時にはごくごく淡い緑色で統一された寝室の、シルクのベッドカバーの上に寝かされていた。ミセス・ハモンドが不安げに枕元《まくらもと》をうろうろし、ジェームズは反対側に難しい顔で立っている。

「子供たちは……」

「ぐっすり眠っているよ」ジェームズが安心させるように言う。「心配なら見てみるかい？　こんな時間に起こすのはかわいそうだ」彼は腕時計に目をやった。「もう十時だ。よかったら君も泊まっていけばいい。朝になったら車で送るよ」

タラは拒みたかったが、ミセス・ハモンドは早くも賛同して、明日は早めに来て朝食の支度をする、と言っている。

「ミセス・ハモンドは通いなんだ」タラの心中を察したのか彼はつけ足した。「でも君の安全は保証するからご心配なく」幸いミセス・ハモンドには聞こえなかったようだが、彼の瞳には冷笑が宿っていた。

タラは震える足を踏みしめてジェームズのあとを追い、子供たちが眠っている部屋に行った。二人は大きなダブルベッドですやすやと寝ていた。どうしても二人に触れずにはいられなくなって、タラは身をかがめ、子供たちにキスをした。マンディが目を開け、幸せそうに瞳を輝かせると眠たげに笑った。「ママ」かすれたその声は、傷ついたタラの心にとって何よりの薬になった。

寝室を出る時、タラの頬は涙で濡《ぬ》れていたが、それをジェームズに見られているのがわかっても、もう気にもならなかった。安心感がほかのすべての感情を洗い流し、さっきまでタラを苦しめていたどうしようもない疲れも消えてしまった。

ジェームズはさっきの部屋の前までタラを案内すると去っていった。その寝室にはバスルームがついていて、部屋と同じ薄緑のタイルが貼《は》られ、真珠貝の貝殻を思わせる浴槽が備えつけられていた。香水入りのバスオイルやふわふわのタオルが備えられているところを見ると、タラの前にこのバスルームを使った女性がいるように思える。タラはちくりと胸を刺す嫉妬を追い払った——ばかばかしい。ジェームズの恋人なら彼の部屋に泊まるはず、一人で寝るわけないわ。ミセス・ハモンドが通いなのも無理はない。彼女がジェームズを尊敬しているのは明らかだ。ジェームズも妙なところを見せてそのイメージを壊したくはないらしい。

鏡の前に立つと、タラは自分の姿にぎょっとした。着古したジーンズに、車のタイヤを替えた時に油じみがついたTシャツ。髪はくしゃくしゃに乱れている。おまけに顔は青ざめ、瞳はまだ苦悩に曇り、唇には口紅すらついていなかった。タラは服を脱ぎすてた。下にはショーツとレースのブラしか身につけていない。明日の朝またこの汚い服を着るのかと思うとぞっとするが、せめて今夜のうちに下着くらいきれいにしておきたい。ナイロンだから明日までには乾くだろうと思って早速下着を洗いはじめたタラは、今夜寝る時に着るものがないことに気がついた。

肩をすくめてお湯を出し、高価そうなバスオイルをたっぷりと湯船に注ぐ。温かいお湯は緊張をほぐしてくれたが、すぐに眠気が襲ってきた。早くベッドに入らないとこのまま寝てしまいそうだ。

タラが厚いタオルを体に巻きつけて、ベッドにもぐり込もうと布団をめくったその時、短いノックの音がしてジェームズが部屋に入ってきた。片手にパジャマを持っている。視線を向けられてタラは思わず赤くなった。ジェームズの視線は、タオルの縁からのぞくタラの豊かな胸のふくらみからいつまでも離れようとしない。

「寝る時に着るものがないだろうと思って、これを持ってきた」タラはタオルをぎゅっと握って手をさし出し、パジャマを受け取ろうとした。見つめられて自分が震えているのがわかる。「どうした？ まさか恥ずかしがっているんではないだろうね。結婚し、夫を亡くし、その後何人もを相手にしてきた君が……」

挑戦的な言い方にむっとして、タラは自分でも意外なほどクールに言い返していた。「何を言いたいの？ 私の処女を奪った呵責《かしやく》を、せめて軽くしたい？」

「奪った？」濃い眉が寄せられ、唇が真一文字に結ばれた。「まるで僕だけのせいみたいな言い方をするじゃないか。それともご主人にそう言い訳したのか？ ずっとそんなことを言って自分をだましていたら、そのうちに僕にレイプされたと思うようになるかもしれない。次はレイプしたと僕を責めるつもりだろう？ だが決してそうではなかったことを、君も僕も知っているはずだ」

「レイプではなかったけれど、あなたに誘惑されたことは事実よ」怒りのあまり、自分の言っていることを振り返る余裕もなかった。「私にとっては、レイプされたも同然だったわ」

「時間がたつと記憶も変質するものらしいな」ジェームズはゆっくりと言った。頬骨のあたりを黒っぽく染めた血の色だけが、彼が怒りを抑えていることを物語っていた。「僕らは対等のパートナーとしてつき合っていたはずだ」彼が再び視線を胸元に向けた。「君の記憶を正すために同じことをもう一度やり直すべきかもしれないな」タラは全身の血が凍る思いを味わった。本能的にあとずさると、膝の裏側にベッドの端がぶつかった。さっと片手を伸ばし、迫ってくるジェームズを押しのけようとしたが、彼はそれを無視した。ジェームズの瞳に浮かんだ軽蔑に耐えきれず、タラは目を閉じ、体を硬くしてもろい防御壁が取り去られるのを待った。だがそれ以上何も起こらなかった。その代わり、ジェームズの手はタラの肩に置かれ、その日一日の緊張をほぐすかのように肩をなではじめた。タラはいつのまにか彼の胸に寄りかかり、背中を彼の片手で支えられていた。リズミカルな手の動きは意思に反してタラを安心した気持ちにさせた。こわばった背中をなでられた時も、タラの唇から抗議の声はもれなかった。

最初はただリラックスした気持ちになっただけだったのに、だんだん別の感情がタラの気持ちの中に生じてきた。胸が固く張り、知らないうちに腕が彼の首に回って、指を豊かな髪にさし込んでいた。

ベッドに運ばれるのがわかっても抗《あらが》うことはできなかった。ただただ、彼と寄り添っていたい。体と体を寄せて、求め、求められる気持ちだけを感じていたい――そのほかの感情を、タラは拒んだ。

無意識の間にシャツの胸元に指が入り込み、温かな湿ったジェームズの肌をなでていた。十七歳の時にはなかった鋭い感覚が、ジェームズの体のたくましさを、指先や手のひらで感じ取る。あの時は彼を愛しているという思いで胸がいっぱいで、体を一つにしてその愛の完結を受け入れることがすべてだった。今はジェームズの体の男らしさ、雄々しさに気づくゆとりが生まれている。力強い広い肩、細く締まったウエスト、胸毛に覆われた胸に手をはわせた時のかすかにきしむ感触……。

今度はジェームズの唇がタラの肌をはった。喉元のくぼみを探っていたキスが、次に繊細な耳へ、頬骨の線へと移動していき、その一方で親指が半ば開いた柔らかな唇をなで続けている。快感の波が身震いとなってタラに襲いかかった。

彼の肌にもっと触れたくて、タラはそれを阻んでいるシャツのボタンをもどかしげに外そうとした。唇を奪われると、喉の奥で小さな喜びの声がもれた。何もかもが忘れ去られ、押しつけられた体に応《こた》えようとする強い欲求だけがタラを支配する。彼女はジェームズのシャツを広げ、その肌をまさぐった。

その日経験した恐怖が、いつもの抑制や因習からタラを解放する役目を果たしたらしい。低いうめき声をもらしながらジェームズの喉に唇を寄せると、それに応じて彼がタラの体に加える優しい拷問も激しさを増していく。体を覆っていたタオルがはぎ取られた。ジェームズの唇が桃色の先端を捕らえると、胃のあたりの筋肉が固く収縮して、苦しみと紙一重の快感が生まれる。熱く燃えあがる野性的な欲望がタラの体中の血管を走った。タラは体をしなわせてジェームズの背中に爪を立てる。

ジェームズは愛の行為にかけては天才だわ、とぼんやりした頭で考えながら、細い太腿を愛撫《あいぶ》されたタラは夢中でジェームズに体をくっつけた。震える指を下に移動させてベルトに手をかける。ジェームズの表情に宿っている欲望は、同じように自分の表情にも宿っているに違いない。彼が何かをささやいた。その日焼けした顔に赤みがさしている。「脱がせてほしい」かすれた声とともに、タラの手は彼のバックルに導かれた。

ほんの一日前には、こんなことになるなんて想像もしなかった。かつての幼いタラだったら、そんな要求には恥ずかしくてとても応じられなかっただろう。だが今のタラはもうあのころの少女ではなく、大人の女性だった。もちろん今までに経験した男性はジェームズ一人しかいないが、十代のタラが抑えつけた本能が今になって息を吹き返し、彼女を導いているかのようだった。彼のみぞおちのあたりに指が触れた時、ジェームズが思わずもらしたあえぎを聞いて、タラは身震いした。うれしさにわくわくし、彼女は身をかがめ、今し方指が触れた部分に小さなキスの雨を降らせる。紛れもないジェームズの反応は、さらにタラの喜びを高めたが、タラがそうやって優位に立って歓喜していられたのはほんの少しの間だけだった。

ジェームズは息もつけないほどの素早さで、彼女をぐいっと抱きあげて体をぴったりと密着させ、唇を捕らえて熱いキスをしてきた。燃えさかる力強い唇が、その存在とそこに宿る欲望を刻印するように、タラの唇を夢中で激しくむさぼる。一生忘れられないと思うほど情熱的なキスだった。同時に彼の体がタラの太腿を割って間に入り込んできた。その感触に、彼が自分を熱く求めている、ということ以外のあらゆる感覚はタラの脳裏から飛んでしまう。

肌と肌が直接触れ合うなめらかな感触は、我慢ができないほど官能的だった。これからジェームズによって与えられようとしている快感を本能的に予知して、タラの胃のあたりは痛いくらいに引きつり、体中にずきずきとする感覚が走った。二人はキスをし、体を絡め合い、触れ合って、お互いが感じている熱く溶けるような欲望をさらに燃えたたせた。コントロールする力はジェームズのほうが勝っていた。

これ以上耐えられなくなったタラは、唇を重ねたままそのことをつぶやきながら、夢中で自分自身をジェームズに押しつけ、彼の絹を思わせる髪に指を絡めた。だがその指は突然、乱暴に引きはがされた。身にまとっていた衣を脱ぎすてたように突然情熱というマントをかなぐりすて、冷静な怖い顔になったジェームズを見て、タラの全身を、身を凍らせる冷たい震えが駆けめぐる。

軽蔑を込めた瞳から視線をそらすことができないようにタラの顔を両手で押さえつけると、ジェームズはタラの青ざめたほっそりした体をゆっくりと見おろした。彼の視線が再びタラの顔に戻った時には、彼女の体は赤く染まっていた。

「さて」欲望のかけらも、情熱の残り火も感じられない声でジェームズは低く言った。「僕らの間がどうだったか、改めて言ってもらおう。結婚した男に君が言ったことをそのまま繰り返すんだ。君は一度も僕を欲しがったりはしなかったと言ってごらん」

10

よかった。自分でも、どうやってこれだけ詰め込めたか、不思議なくらいだ――タラはいっぱいになった車のトランクを見やった。肩ごしに振り向くと双子は楽しそうに庭で遊んでいる。タラはほっとした。二人が逃げ出した日以来、タラは過保護に走りがちな自分を常に戒めなければいけなかった。

あの朝、ジェームズの家では緊張と心配のあまり子供たちに何も言えなかったが、自宅に戻ってから言葉を選んで、どんな危険が起こり得たかを話して聞かせ、ポットが壊れたことなどそれに比べれば取るに足らないことだと説明した。

ミセス・ハモンドは、タラのためにベッドまで朝食を運んできてくれ、自分の娘の話をしてくれた。

「子供はこんなことで、と思うようなささいなことに動揺するものですよね」ティーポットの話を知っているのだろう。ミセス・ハモンドの思いやりが、タラはうれしかった。

タラには、子供たちが世話になった礼をジェームズに言う、という試練が残されていた。彼のシャツの第三ボタンから視線を上げないまま、恥ずかしさと自己嫌悪に体を硬くして、タラは前夜の記憶を消し去ろうと努めた。

「双子は絶対にサンダーズを父親として受け入れない、と警告しても、君は聞く耳を持たないのだろうね」それがタラがつっかえつっかえ言った礼に対するジェームズの返事だった。

「子供たちとは関係ないわ」みじめさは怒りに変わり、タラはかっとなって言い返した。「双子には父親がいるし、私とチャスとの関係は私だけの問題よ」

「彼と結婚する気はないと?」

「ショック?」つい口が滑ってタラは言ってしまった。「偽善者ね、あなたって。チャスと私がどんな関係になろうと、私たちの自由だわ」

「君は変わったね、タラ」辛辣《しんらつ》な言葉が返ってきた。「僕の知っていたタラは、いつも最上のものを求めていたはずだ。それとも君の人を愛する能力は、ご主人と一緒に死んでしまったのか?」あまりの刺々《とげとげ》しさにタラはショックを受けた。

タラは陰気な笑い声をあげた。彼は真実を言い当てている。彼の想像とは全然違う意味で。

「どうなんだ?」ジェームズは鋭く突っ込んでくる。

「双子の父親を失った時、人生で大切だと思えるものはみんななくなってしまったわ」タラは正直な気持ちを口にした。「もう帰りたいけれど、いい?」

「ママ、まだ?」

サイモンは期待を込めて車を見つめている。彼もマンディも、旅行に行くと聞かされた時から興奮状態だった。幼い彼らは、これから自分たちが過ごそうとしているバカンスが同級生たちのものとは少し違うことに気づくはずもなく、この三週間そのことしか話さない。旅行の話題に夢中になってくれれば家出をした日のトラウマも忘れるのではないかと、タラはむしろ二人のはしゃぎようを奨励していた。今でさえ、あの時の心の痛みはいやされていない――よりによってジェームズの家に行ったなんて。

チャスは雇い主で友だちだけれどそれ以上のことは何もないと二人に説明して以来、マンディのチャスに対する態度は改められた。今、マンディの唯一の不満は、大好きなジェームズおじさんが近くにいてくれないことだけだ。彼がこのところ姿を見せないため、心配だから電話をしてほしいと何度か頼まれたが、タラは穏やかに、ジェームズにはジェームズの生活があるのだと言い聞かせた。だが今日からは二週間ダートムアで過ごすのだ。子供たちにとっても自分にとっても本当の意味で初めての休日を何にも邪魔されまい、とタラは心に決めていた。

コテージまでのドライブにはなんの問題もなかった。途中でタラの作ったお弁当を食べ、六時過ぎにはコテージに向かう小道にさしかかった。

想像したとおりの、深いひさしの奥にうずくまったような小さなコテージだ。年代を経て黒ずんだ灰色の石壁はクリーム色のつるばらに覆われている。

棟続きのもう一棟のコテージから三十代のふくよかな女性が笑顔で現れた。

「こんにちは。私、お隣の家を借りている者で、マーガレット・バートンといいます。よろしく。よければうちでお茶でもいかが? ご迷惑かしら?」

マーガレットの後ろから出てきた大きな人なつっ

こい雑種犬に子供たちが早くも興味を示しているのを見て、タラは彼女の誘いを受けることにした。

お茶の席で、タラはバートン家がこの数年来ダートムアに来ていることを知った。

「子供たちはそろそろ外国のほうに興味があるみたいだけれど。去年の春休みにはパリに行ったし、今年はオランダに一週間行こうと思うの。ビーチで遊んで楽しむ年ごろではなくなってきたのね。でも少しは文化的な刺激も与えたいと思って無理に連れてきてるの」マーガレットは小さく笑って、双子を見た。「きっとここが気に入るわ。海岸は近いし、いいビーチが何箇所もあるの。もうすぐ夫が子供たち三人と戻るはずよ。ダートマスにショッピングに行ったの。一カ月滞在しているから、食料とかを買い足しておかないと。落ち着いたら飲みに行きましょうよ。長女はもう十四歳だから、子供たちの面倒は見てくれるわ」

帰るころには、タラはマーガレットと、子供たちはロボットという名前の犬と、すっかり仲よくなっていた。

簡単な食事を作り、家の中の備品の点検を終えて車の荷物を降ろし終えると、もう寝る時間になっていた。子供たちに続いてかわいらしい風呂場でシャワーを浴びたタラは、枕《まくら》に頭をつけるなり寝入っていた。

田舎のいい空気のせいかしら――翌朝、日光と鳥の声で目覚めたタラはまだ眠い目をこすった。こんなにぐっすり寝たのは何年ぶりだろうか。気候は暖かく、何もかもがのんびりして、タラは久しぶりにリラックスしていた。子供たちを産んで以来、これほど優雅な朝を迎えるのは初めてだわ、と思う。それと同時に、自分が普段、無意識のうちに緊張し、きりきりした神経のまま日々を送るのに慣れてしまっていることを思い知らされた。

最初の二日は近くをあちこち見て回るのに費やした。歩くのに格好の場所はコテージの近くにたくさんある。双子の一番のお気に入りは牧場で、毎朝バートン家の子供たちと連れだって牛乳と卵を買いに行くのが日課になった。コテージのオーナーでもある農家の主人が様子を見に現れ、子供たちだけで荒野を歩かせないようにとタラに忠告してくれた。もちろん、あの家出でこりているタラは、そんなことを許す気は毛頭なかった。サイモンが農場や動物に興味を持っているのを知った彼は、ある朝農場に招待してくれた。

サイモンは目を輝かせ、興奮しきった様子で帰ってきた。生後一週間の、まだ足元もおぼつかない大きな瞳をした子牛に触らせてもらえたのだ。マンディはこの地方の荒野に放牧されている背丈の低い野生馬に興味を持ったらしい。

三日目、タラは海水浴の用意をして双子を車に乗せると、子供たちを遊ばせるのには最適だとバートン夫妻に勧められた近くのビーチまで行ってみた。ビーチへ向かう車の中から、すでに海は見えていた。信じられないくらい水が青く澄み、晴れた空の下で銀色に光る波が海岸に打ち寄せていた。

ほかには何もない小さな入り江で、岸壁に削り込まれた階段から下りていくしかないのだが、苦労してたどり着くだけの価値は充分にあった。そそりたつ断崖《だんがい》が風をさえぎり、淡い金色の砂浜に夏の太陽が照り返している。足場が悪いためか海水浴を楽しんでいる家族は十組ほどで、海水浴場にありがちなアイスクリームを売る店もなく静かだ。まさにタラが望んでいた場所だった。

双子はもう泳げるが、タラは子供たちだけで水に入らないように注意を怠らなかった。二人は早くも日焼けした肌を海水にきらきらと光らせ、あざらしの赤ちゃんのように水の中で戯れている。タラはなぜかこの時間をジェームズと共有したいという気持ちに襲われた。こんな双子を前に、子供がかわいくて仕方のない両親として彼と目を見交わせたらどんなにいいだろうか。急につらくなって、タラは周りの家族連れに視線を向けずにはいられなかった。どの家族にも父親と母親、子供たちがいる。ばかね、とタラは自分に言い聞かせた。〝完璧《かんぺき》な家族〟なんて幻想にすぎないことはわかっているはずなのに、なぜこんなにつらいのだろう。泣きそうになって目を閉じても、まぶたの裏にジェームズと自分が浜辺に横たわっている姿が浮かんできて消えない。彼の手はタラの体にかかっている。そんなイメージを振り払って、タラは現在のことに意識を集中させた。過去を、ジェームズを愛したことを、彼を求める気持ちを忘れて。

マーガレットは気配りのある人で、双子の父親のことをあれこれ尋ねてきたりしなかった。一戸建てだと思っていたコテージが、中で二つに仕切られた棟続きだと知った時には少しむっとしたタラだが、マーガレットとサムのような気さくで余計な詮索《せんさく》をしないお隣がいてよかったと、今は思っていた。

子供たちもバートン家の男の子、十歳と十二歳のフィリップとロバートと仲よしになり、一番年長のジルにもかわいがられていた。

その日の夕方、タラはダートマスに買い物をしに出た。チャスとジャニスに送る絵はがきを買い、はがきを出したい人がいるから私にも買って、自分で書くから切手を貼《は》ったのをちょうだい、と生意気に宣言したマンディのためにも買った。

きっと学校の友だちに出すんだわ。かわいそうに、いつももらうばかりで、旅行先からはがきを送るのは初めての経験だもの。もっとも、友だちから送られてくるはがきに貼ってあるのは外国の切手で、マンディのは国内郵便だけど……。タラは言われたようにはがきに切手を貼った。

その夜はバートン一家と食事をした。食後、マーガレットにパブに行こうと誘われて、リラックスした気分になっていたタラはそうすることにした。

ジルの言うことを聞くのよ、と双子たちに言い聞かせていると、壊れたティーポットを見つけ、しんとした家の中で絶望的な気分になった日のことを不意に思い出した。だがその記憶をきっぱりと振り払った。子供たちを信用しある程度の自由を認める、という教育方針を変えたくはない。サイモンがサム・バートンになつき、バートン家の男の子たちを見習って行動するのを見て、タラは困惑を覚えていた。自分はサイモンから、手本になる身近な男性を奪ってしまっているのではないだろうか。

パブまでの散歩は快適だった。旅行客や地元の人たちでにぎわっているパブで一時間ほど過ごして、またぶらぶらと戻ってきた。途中タラは、マーガレットがサムと腕を絡ませ、時々楽しげに目を見交わすのに視線を向けずにはいられなかった。うらやましがってはいけない。タラは自分を叱《しか》った。仲のいいカップルを見るたびに嫉妬《しっと》してどうするの？

天気にも恵まれ、楽しい日々が過ぎていった。ある日三人は荒野をドライブして朽ちかけたコテージの陰でピクニックした。サイモンはピクニックの様子を興味津々でものほしげに見ているずんぐりした野生馬の群れにうっとりしている。短い間に三人とも、町の人間とは思えないほど健康的に日に焼けた。毎年こんなふうにバカンスを取れるようにがんばろう、とタラは車に乗り込みながら決意した。二週間の休暇は家族みんなにいい結果を及ぼしていた。

翌日、近くのサファリパークに出かけるからと、マーガレットが双子を誘ってくれた。

「せっかくだからあなたは一日ゆっくり過ごしたら？　本を読んでもいいし、ぼんやりしていてもいいし。なんとなくあなたが一人になれる時間はあまりないような気がするから」

内心彼女の親切に感謝して、タラは招待されたことを子供たちに話して聞かせた。予想どおり、子供たちは大喜びだった。母親のタラが一緒に行かないことを二人が気にする様子もないのを見て、タラは小さな痛みを覚えたが、それが自然で正しいのだと自分に言って聞かせた。特にサイモンは、母親から離れようとしなかった今までのほうが問題だったのだ、と。

一行は朝食後に出発した。バートン家のレンジローバーの窓からみんなが笑顔で手を振っている。

タラはあと片づけをしてからベッドを整え、持ってきた本を取り出した。雲一つない空から太陽の光が降り注ぎ、かすかにそよ風が吹いている。ビキニに着替え、花がたくさん咲いているかわいらしい裏庭に出た。蜂《はち》の低い羽音が眠気を誘う。快いけだるさに包まれて、タラは目を閉じた。

誰かが砂利の上を歩いてくる音が聞こえた。ぎくりとして起きあがり、後ろを振り返ったタラは、息が止まるかと思った。目の前の光景が信じられず目を見開き、視線をジーンズに包まれた腿から上に移動させていく。そこには謎《なぞ》めいた表情をしたジェームズがいた。

これはまぼろし？　あまりに彼のことばかり考えて、夢とうつつの見境がつかなくなってしまったのかしら。もう一度まばたきをしてみる。日光が彼のかけたサングラスに反射してまぶしい。サングラスを取ってくれたら彼の目を直接見ることができるのに。彼が動くと、薄いシャツの胸元から筋肉質の胸がはだけた。

「ジェームズ！」その声には彼を求める切ない気持ちが込められていた。「ここで何をしているの？　どうして私たちがここにいることが……」

「マンディが僕に絵はがきを送ってくれた」厳しい口元が少しだけゆるんだ。「はがきにここの住所が書いてあったんだ。たとえ国中捜さなくてはいけなかったとしても、僕は君を見つけ出したと思うけどね」サングラスを取ったジェームズの瞳は怒りに燃えていた。タラは思わず縮みあがった。「君という人は、どうしてまた……」彼はそう言いながら威嚇するような態度で、横になっているタラに近づいてきた。急いで立ちあがろうとしたが、なぜかできなかった。彼を求める思いと恐怖とが一緒になり、心臓がどきどきする。

ぎょっとするほどの素早さで、ジェームズはそのままタラの横にしゃがみ込んだ。とても近くにいるので、ひげの濃さまでが見えるほどだ。彼に手をさし伸べて触れたい衝動に駆られたが、その欲求に屈するのを拒んだ。

「そんなに僕が嫌いなのか？」妙に不安定な声だった。「それで僕の子供たちの存在を僕から隠そうとしていたのか？」

タラは声さえ出なかった。彼の言葉を否定したいと思ったけれど、怒りをあらわに激しく肩を揺すぶられて、それもできない。彼は荒々しく続けた。

「これ以上否定して罪を重ねるような真似《まね》はしてほしくない。出生証明書を見るまでもなく、真実だということは君の顔に書かれているぞ」

込みあげる吐き気の中で、タラは子供たちの出生直後の絶望的な日々を思い出していた。気力も体力もなく、何もまともに考えられず、ジェームズの裏切りに傷ついていたタラは、目の前にさし出された出生証明書の父親の欄に、ほとんど何も考えないまま、彼の名を記したのだった。

「なぜなんだ、え？」もう一度激しく肩を揺すられて、タラはやっと過去から現実に戻ってきた。と同時に、タラの胸にあのころの苦しみと、彼への憎しみがわいてきた。

「じゃあ、どうすればよかったの？」タラは叫んだ。「私はたった十七歳だったわ。ほかにどんな選択ができたというの？　中絶すればよかったの？　そんなことはできなかった。あなたにとって私とのことが一時の遊びだったのを、私ははっきりと思い知らされたわ。よく覚えているでしょうけれど」

頬を流れ落ちる涙が隠しておきたい本心を語ってしまうのが悔しい。タラは顔をそむけたが、ジェームズにあごを持ちあげられ、無理に目をのぞき込まれて息をのんだ。

「覚えている？　いや、悪いが僕は年のせいか忘れっぽくてね。君が妊娠を知ったところから、もう一度ちゃんと話して思い出させてくれないか」

ジェームズのシニカルな態度が憎くて、タラは拒みたい衝動に駆られた。もちろん、彼が覚えているはずはない。だって、彼にとって私は、何人もいた遊び相手の一人のばかな女にすぎなかったのだもの。怒りが改めて燃えあがり、タラの頬を染めた。

タラは震える声で、初めて愛を交わしたあとジェームズが黙って姿を消してしまったこと、自分が愚かにも、ジェームズに愛されていると信じていたことを話した。妊娠を知ってどうしていいかわからないほど動揺し、やっとありったけの勇気をかき集めて彼のアドバイスを聞こうとスーザンの家に行ったが、そこでヒラリーに真実を告げられ、軽蔑《けいべつ》と嘲《ちょう》笑《しょう》を浴びせられたことも。

「妊娠したことを彼女に言ったの？」

タラは誇りを持って首を振った。「いいえ。あなたは力になってくれないとわかったのに、そんな話をしても意味がないもの。あなたは本気でなかったとわかったから——私があなたに対して抱いていたのと同じ気持ちは、あなたにはなかったと」というタラははっきりとそう言った。

伏せていた目を上げると、ジェームズは視線をそらし、黒曜石を削ったような厳しい、怖い横顔を見せていた。やっと振り向いた彼の顔に浮かんだ苦痛と悲しみにタラは息をのんだ。胸が苦しくなって、呼吸ができない。

「僕は全然知らなかった。それに、本当のところは全く違っていたんだよ、タラ。ああ、君があんなにも若くて、無垢《むく》でなければ……。僕は君に重荷を押しつけたくなかった。僕らの間にあったものを壊したくなかったんだ。姿を消したのは、一人で考える時間と環境を君に与えたかったからだ。君が大人になるのを待とうと思った。僕に対する思いが本物なのか、それともただの思い込みなのか、君が理解するまで。僕がどんな気持ちだったかわかるかい？　僕はそんな権利もないくせに僕は君の純潔を奪った。僕の結婚は話にならない見せかけだけのもので、僕は君に会うずっと前からヒラリーに離婚してほしいと言っていたが、それでも僕があの時点で既婚者だった事実に変わりはない。僕の結婚の話はあと回しにしよう。僕は君を愛していた」ジェームズはそれだけ言った。「権利はなかったかもしれないが、愛していた。君が無邪気に自分をさし出してくれた時、僕は自制できなかった。でもあとでどんなに後悔したことか。君が気持ちの整理をつけるまで待とうと決めて、君のもとを離れた。君は同年代の男の子とめぐり合い、恋をするべきだと思ったんだ。だが戻ってきた僕を待っていたのは、君の結婚というニュースだった。愕然《がくぜん》とした。君が僕を愛していてくれることをどれほど願っていたか、君の優しい愛らしさをどんなに望んでいたか、どれくらい君を抱きたいと思っていたか、思い知らされたよ」

タラは耳を疑って息をのんだ。

「ヒラリーは嘘《うそ》をついていたと？」やっと、かすれた声が出た。「私はたくさんいた浮気相手の一人ではなかったの？」

ジェームズは首を振った。「君だけだった。それに浮気でもない」乱暴な言い方だった。「僕の結婚の話をしよう。父は苦労して築いたエンジニアリング会社の社長だった。母はそんな父を尊敬し愛していたから、父が死んだ時には母もあとを追うのではないかと思ったくらいだ。その時はまだヒラリーとは知り合っていなかったが、彼女が父の会社の株主だということは知っていた。父の死後、数週間してヒラリーが現れ、僕の家で週末を過ごした。上っ面だけの恐ろしい女性で、僕の理想とは正反対のタイプだった。でもヒラリーのほうは僕を気に入ったらしく、露骨にアプローチしてきたんだ。二十四歳で若かった僕は、そんな彼女を笑い物にするという間違いを犯した」ジェームズはため息をついた。「ヒラリーが去ってから一週間後、僕は彼女から手紙を受け取った。そこには父が彼女に送った手紙のコピーが同封されていた。ヒラリーは父と愛人関係にあったんだ。言うとおりにしなければ、手紙を母に見せる、と僕を脅した。僕は逃げ場を失った。母が知ったらどうなるか、想像がついた。父がヒラリーを愛していたとはとても信じられなかったが、父と彼女がそういう関係にあったことだけは疑う余地がなかった。温和で上品な母にはそれが理解できないだろうと思った」

ジェームズは一呼吸置いて続けた。

「ヒラリーは僕に父の代わりをさせたいのだろうか、と思いながら、僕は彼女に連絡を取った。当時会社は危機的な状況にあってね。長年勤めていたある従業員に、父が気前よく株を贈与してやったために、父の持ち株は少なくなっていて、僕は株を買い戻そうと必死だった。ヒラリーの提案は僕を唖然《あぜん》とさせ、怒らせるものだった。自分と寝ろと強要するくらいでは気持ちが治まらないほど、僕は彼女のプライドを傷つけたらしい。ヒラリーを笑った代償は彼女との結婚だった——もちろん最初は断ったさ。だが彼女は抜け目がなく、一度決めたらてこでもあきらめない女だ。手紙をねたに僕を脅し続け、会社の株を先に買いあさって筆頭株主になろうとしたんだ。とうとう僕は抵抗をあきらめて彼女に従った。もっとも一度も彼女を抱かなかったが」ぶっきらぼうに彼は告白した。「結婚したという事実だけで、彼女の傷ついた自尊心は慰められたらしい。その一年後、母が死んだ。君と出会う一年前の夏だ。僕はヒラリーに離婚を迫り続けたが、断られた。遅かれ早かれ、彼女はそのうち愛人を作り、僕を苦しめるのに飽きて別れてくれるだろうと思っていたけどね。もちろん、僕にはほかに恋人などいなかった。そんな時だ。僕の前に君が現れたのは。僕は気持ちを抑えようとした。人生のごたごたに君を巻き込み、純粋な君を汚すまいと思った。だが君は酸っぱいワインを飲みすぎたあとに飲む冷たいわき水のようで、一緒にいればいるほど君への思いがつのった。そんな僕から離れ、一人で考える機会を君にあげなくては、と決心して、僕はイギリスを離れた。同時にヒラリーに離婚を強く迫ったんだ。君がヒラリーに会ったのはそのすぐあとだった」

タラはずっと無言のままだったが、涙で息が詰まり、彼を慰めてあげたい気持ちでいっぱいになった。

「君が結婚したと聞いて、僕は気がおかしくなってしまうかと思った」ジェームズは静かに言った。「いや、実際少しの間おかしかったと思う。君を失ったのはヒラリーのせいだと考え、僕はとにかく彼女から逃げようとした。そのころ、筆頭株主になれるだけの株券をやっと買収することができた。ヒラリーのほうは思ったとおり愛人ができ、離婚はやがて成立した。僕は自由の身になったはずだが、自由にはなれなかった」声がかすれていた。「タラ、君面影がつきまとって離れなかった。君に再会したとスーから聞いた時、距離を置こうと思った。過去は死んだ、一番いいのは君を避けることだ、と。君は夫を亡くしていて双子がいると、スーが教えてくれた。知りたくないと自分に言い聞かせたのに、結局、君を迎えに行く役をさせてくれとスーを説き伏せていた。君に会っても無関心でいられることを、自分が双子を嫌うことを期待していた。君がほかの男の子供を産んだなんて、考えるだけでもいやだった。だが予想に反して、子供たちは僕の心の壁を破って中に入り込んだ。双子を憎むつもりでいたのに、僕は代わりに君の亡きご主人を憎んでいた。チャス・サンダーズにも嫉妬を覚えたが、生きている人間をライバル視するほうが簡単だったし、第一子供たちは彼を好きではないことがわかった。でも双子の父親は……。しかも君は彼をまだ愛していると言い続けた……」ジェームズは急に言葉を切った。抑えていた感情がさっと彼の顔を横切る。「彼か、僕か、タラ？」その声はひどくかすれていた。「子供たちを守るために結婚してくれた男を愛していたのか？　それとも双子の父親を愛していると言ったのは、僕のことなのか？」

タラが黙っていると、耐えきれなくなったようにジェームズがつぶやいた。

「お願いだ。こんなふうに僕を苦しめないでほしい。僕がどれほど苦しんだか、君にはわからないだろう。子供たちから切れ切れの情報を引き出し、なんとかして僕の場所を奪った男がどんなやつだったか、想像しようとした。出生証明書を見に役所まで出かけてもみた。男の名がわかれば、少しは何かの手がかりになるかと思ったんだ。だが書かれていたのは僕の名だった。タラ、死んだご主人のことを話してくれ。どんな人だったんだ？」

タラは舌の先で乾いた唇を濡《ぬ》らした。恐怖が胸の中でとぐろを巻いている。彼に話すことは最後のとりでを明けわたすことだ。またあざ笑われ、つらい思いをするかもしれない。だが、何かに押されるようにタラはそんな気持ちを振りすてた。

「そんな人はいなかったの」おどおどとタラは言った。「夫も、恋人さえいなかった」タラは指にはめている安物の結婚指輪を見つめた。「全部嘘なの……。最初はそんなつもりはなかったのだけれど、男の人たちが……周りの人が……」

「無神経な人間が、結婚もせずに子供を産む女なら、そういうことを平気でするだろうと勝手な想像をしたんだね？」ジェームズは低く言った。「ああ……かわいそうに」

彼の手がタラの頰を包んだ。長い指が震えている。弱々しい、簡単に枯れてしまいそうな苗から小さな芽が少しずつ出てくるように、タラの中で感情がちょっとずつ芽を出してきた。彼を見あげたタラの瞳には希望が宿っていた。

「子供たちのことだが」ジェームズは続けた。「僕が実の父親だとわかったからには……」期待のこもったその言い方に、タラの瞳から希望が消えた。彼がまだ私のことを愛しているはずなんかない――もしかしたら、とばかな夢を抱いてしまった。

「私、子供たちは絶対に渡さない」タラはこわばった声で言い、体を硬くして身構えた。

「そんなことは言わない。二人で分担しよう」

「週末ごとに交代で？」タラは苦々しくきく。

「もっといい方法がある」

「たとえば？」

「たとえば、君と結婚する」優しい口調だった。

一瞬タラは黙り込んだが、すぐに悲しい気持ちに襲われた。

「ほんの少し前までは自分の子供だということも知らなかった子を手に入れるために、そんなことまでするの?」できる限り軽蔑を込めて言ったつもりだったが、ジェームズはそれを無視した。

「そう、二人の子を、それにそのお母さんもだ。タラ、アメリカから戻って君が姿を消したと知った時、僕がどんな思いで耐えなければいけなかったか、わかっていないみたいだね」せきを切ったように彼は言う。「それが一番よかったのだと自分に言って聞かせてはみたが、無駄だった。僕らのことをご主人に告白し、一度だけの過ちだったと、僕のことを忘れ去っている君を想像しては、夜ごと自分を苦しめた。僕にとっては君を抱いたことは、一生忘れられないことだったのに。あの時も、そして今も、僕は君を愛しているんだ」ゆっくりと彼は言った。

「愛している?」まだ信じられなかったが、消えかけた希望が再び芽生えはじめ、彼を見あげるタラの瞳に愛のともしびが輝いた。その時、もう言葉では表現しきれないというように、ジェームズがタラを抱きしめ、唇を寄せた。「これで信じてもらえるかい?」そのキスには、今までキスをした時には彼が隠していた思いが、すべて込められていた。

庭には誰もいなかった。芝生の上に横たえられたタラには、拒む気持ちも意思もなかった。ビキニの上が取り去られると日光が暖かく肌を包み、続いて彼の体がそれに変わった。

白熱した互いへの思いをぶつけ合い、身を焼き尽くすような愛の交歓に、体に電気が流れ、タラは敏感に反応した。

長い影が庭に忍び寄り、二人の声が満足して眠たげにかすれてきたころ、ジェームズは再びタラを求めた。これからも何度もこうして愛し合い、喜びを与え合っていこう——そんな思いに満ちた、優しく思いやりにあふれる求愛だった。

「子供たちに……」白い胸に彼の手を感じながら、タラはうっとりとつぶやいた。「どう話す?」

答える前にジェームズの唇は、そのふくらみの先端を軽く捕らえた。

「本当のことを話すさ――もう少し大人になったら。今は結婚することだけを話せばいい。僕は努力していい父親になってみせる。子供たちは僕を気に入ってくれているし、きっと受け入れてくれるさ。大事なのは、血のつながった父親であることよりも、そばにいて子供たちに愛情を示してあげられることだ」

そのとおりだとタラは思った。マンディは大喜びだろうし、表現こそ違ってもサイモンも同じだろう。事実を受け入れられる年ごろになったら話してあげればいい。胸にのっているジェームズの頭を見ていると改めて愛が込みあげてくる。

「愛している？」

ジェームズは頭を上げ、いたずらっぽくほほえんだ。「それは質問？　それとも誘い？　どっちにしても答えはイエスだ。君は？　愛している？」

幸福感がワインの酔いのように全身に広がる。タラはぼうっとなった。「言葉では言い表せないくらい。証明しましょうか？」

ジェームズの答えはキスだった。彼の体に欲望が兆すのを感じながら、タラはつい数日前にビーチで彼とこうして愛を交わすことを想像し、それが不可能な夢だと考えたことを思い出した。明日の夜、彼を誘って月夜の浜辺を散歩してみようかしら。

「何をにやにやしているんだい？」唇を重ねたままジェームズが尋ねる。

「とっても幸せだからよ」

「だったら僕に見せて」

タラは喜んでそのつぶやきに応《こた》えはじめた。

ハーレクイン®

ハーレクイン・ロマンス　2003年10月刊（R-1908）

あなただけを愛してた
2024年7月5日発行

著　　者	ペニー・ジョーダン
訳　　者	高木晶子（たかぎ　あきこ）
発 行 人	鈴木幸辰
発 行 所	株式会社ハーパーコリンズ・ジャパン 東京都千代田区大手町1-5-1 電話 04-2951-2000（注文） 0570-008091（読者サービス係）
印刷・製本	大日本印刷株式会社 東京都新宿区市谷加賀町1-1-1
装 丁 者	高岡直子
表紙写真	© Valuavitaly, Audioundwerbung, Natalia Bachkova, Aaa187 | Dreamstime.com

ISBN978-4-596-63562-4 C0297

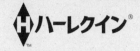

ハーレクイン・シリーズ 7月5日刊 発売中

ハーレクイン・ロマンス

愛の激しさを知る

秘書は秘密の代理母 ダニー・コリンズ／岬　一花 訳 R-3885

無垢な義妹の花婿探し
《純潔のシンデレラ》 ロレイン・ホール／悠木美桜 訳 R-3886

あなたの記憶
《伝説の名作選》 リアン・バンクス／寺尾なつ子 訳 R-3887

愛は喧嘩の後で
《伝説の名作選》 ヘレン・ビアンチン／平江まゆみ 訳 R-3888

ハーレクイン・イマージュ

ピュアな思いに満たされる

捨てられた聖母と秘密の子 トレイシー・ダグラス／仁嶋いずる 訳 I-2809

言葉はいらない
《至福の名作選》 エマ・ゴールドリック／橘高弓枝 訳 I-2810

ハーレクイン・マスターピース

世界に愛された作家たち
～永久不滅の銘作コレクション～

あなただけを愛してた
《特選ペニー・ジョーダン》 ペニー・ジョーダン／高木晶子 訳 MP-97

ハーレクイン・ヒストリカル・スペシャル

華やかなりし時代へ誘う

男爵と売れ残りの花嫁 ジュリア・ジャスティス／高山　恵 訳 PHS-330

マリアの決断 マーゴ・マグワイア／すなみ　翔 訳 PHS-331

ハーレクイン・プレゼンツ作家シリーズ別冊

魅惑のテーマが光る
極上セレクション

蔑まれた純情 ダイアナ・パーマー／柳　まゆこ 訳 PB-388

※予告なく発売日・刊行タイトルが変更になる場合がございます。ご了承ください。

7月12日発売 ハーレクイン・シリーズ 7月20日刊

ハーレクイン・ロマンス
愛の激しさを知る

夫を愛しすぎたウエイトレス	ロージー・マクスウェル／柚野木　菫 訳	R-388
一夜の子を隠して花嫁は《純潔のシンデレラ》	ジェニー・ルーカス／上田なつき 訳	R-3890
完全なる結婚《伝説の名作選》	ルーシー・モンロー／有沢瞳子 訳	R-3891
いとしき悪魔のキス《伝説の名作選》	アニー・ウエスト／槙　由子 訳	R-3892

ハーレクイン・イマージュ
ピュアな思いに満たされる

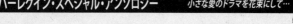

小さな命、ゆずれぬ愛	リンダ・グッドナイト／堺谷ますみ 訳	I-2811
領主と無垢な恋人《至福の名作選》	マーガレット・ウェイ／柿原日出子 訳	I-2812

ハーレクイン・マスターピース
世界に愛された作家たち
～永久不滅の銘作コレクション～

夏の気配《ベティ・ニールズ・コレクション》	ベティ・ニールズ／宮地　謙 訳	MP-98

ハーレクイン・プレゼンツ作家シリーズ別冊
魅惑のテーマが光る
極上セレクション

涙の手紙	キャロル・モーティマー／小長光弘美 訳	PB-389

ハーレクイン・スペシャル・アンソロジー
小さな愛のドラマを花束にして…

幸せを呼ぶキューピッド《スター作家傑作選》	リン・グレアム 他／春野ひろこ 他 訳	HPA-60

文庫サイズ作品のご案内

◆ハーレクイン文庫・・・・・・・・・・・・・毎月1日刊行
◆ハーレクインSP文庫・・・・・・・・・・・毎月15日刊行
◆mirabooks・・・・・・・・・・・・・・・・・毎月15日刊行

※文庫コーナーでお求めください。

今月のハーレクイン文庫

6月刊 好評発売中!

Harlequin 45th Anniversary

"帯は1年間 決め台詞"!

珠玉の名作本棚

「あなたの子と言えなくて」
マーガレット・ウェイ

7年前、恋人スザンナの父の策略にはめられて町を追放されたニック。今、彼は大富豪となって帰ってきた——スザンナが育てている6歳の娘が、自分の子とも知らずに。

(初版:R-1792)

「悪魔に捧げられた花嫁」
ヘレン・ビアンチン

兄の会社を救ってもらう条件として、美貌のギリシア系金融王リックから結婚を求められたリーサ。悩んだすえ応じるや、5年は離婚禁止と言われ、容赦なく唇を奪われた!

(初版:R-2509)

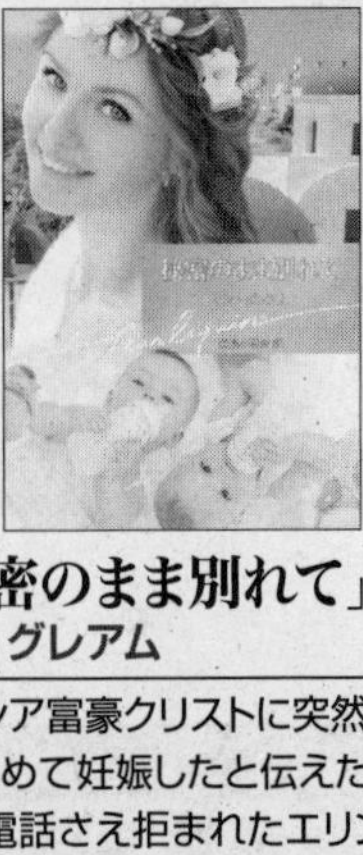

「秘密のまま別れて」
リン・グレアム

ギリシア富豪クリストに突然捨てられ、せめて妊娠したと伝えたかったのに電話さえ拒まれたエリン。3年後、一人で双子を育てるエリンの働くホテルに、彼が現れた!

(初版:R-2836)

「孤独なフィアンセ」
キャロル・モーティマー

魅惑の社長ジャロッドに片想い中の受付係ブルック。実らぬ恋と思っていたのに、なぜか二人の婚約が報道され、彼の婚約者役を演じることに。二人の仲は急進展して——!?

(初版:R-186)